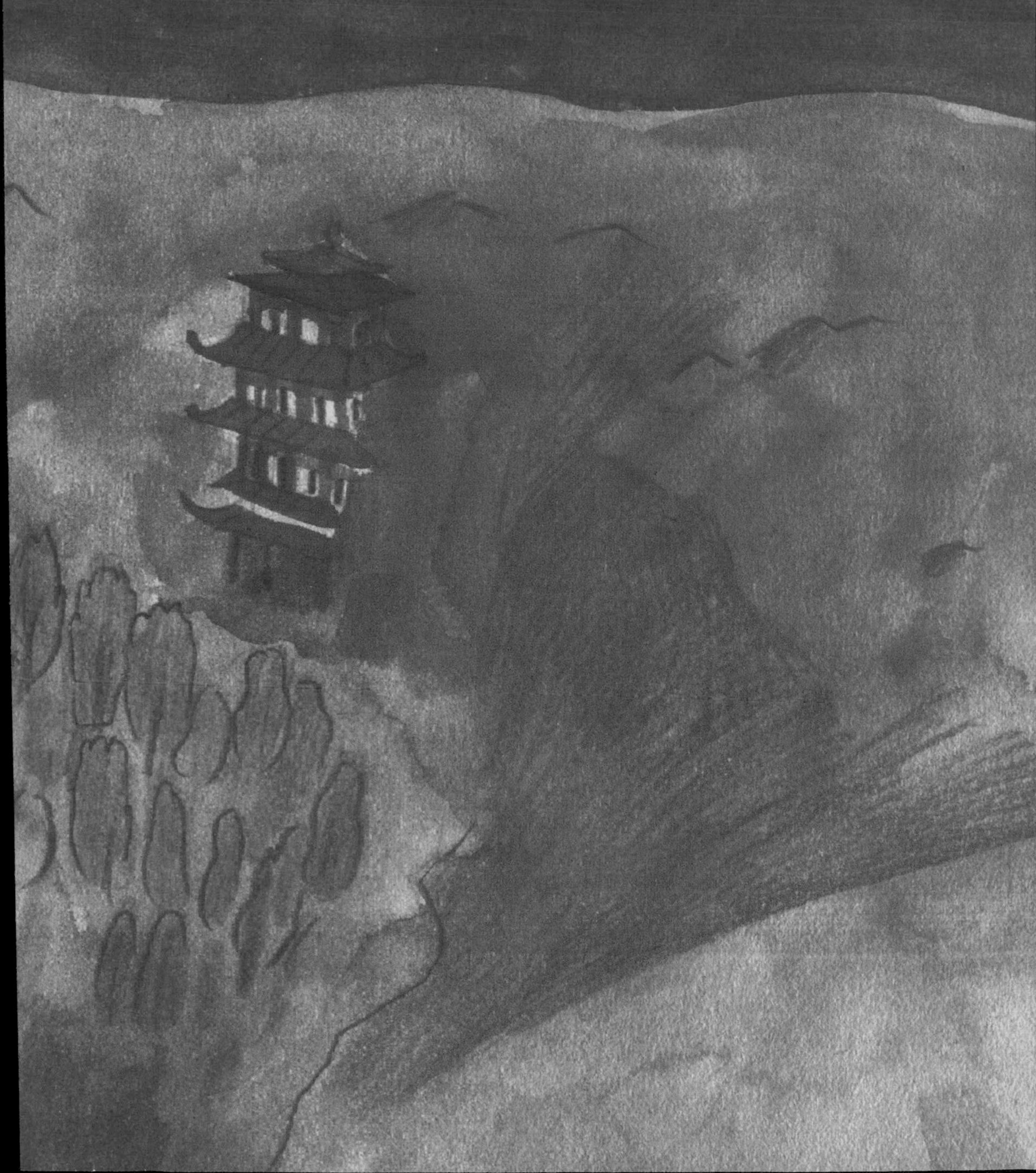

259敦煌計畫

圖◎25度

文◇王文華

楔子——

滾滾黃沙進敦煌

揉揉眼睛，深吸一口氣——今天清晨，每個踏出捷運可能小學站的小孩都先這麼做。

以前一走出站，可能小學的教學大樓、圓形的博物館、後頭的水塔劇場就會躍入眼簾。

可是今天……

五年級的伍珊珊呼吸急促，「這怎麼可能呢？」她的眼前是一片黃色沙丘，可能小學不見了，如果不是學校的大門還在老位置，她會以為自己來到沙漠地帶。

大門後是連綿起伏的沙丘，不遠處傳來悠遠的駝鈴聲，那是一列在沙丘上移動的駝隊；駝隊下方，有一泓青綠的池水，像月牙般橫臥在沙丘下頭，旁邊有一座寺廟守護著它。

「學校一夜之間被沙漠掩蓋了？這怎麼可能呢？」

伍珊珊僵在原地，後頭有人拍拍她，那是她的同學霍許，

「伍珊珊，別忘了我們的校訓，在可能小學裡，沒有不可能的事啊，快往前走吧！」

她和霍許讀同一班，經過一個學期來的相處，共同經歷多場冒險，他們曾去西周時代，找到毛公鼎的鑄造方法；到過東晉，幫王羲之找到黃飛鵝；而今天，可能小學又有什麼神奇的任務等著他們呢？

「這一定是三D投射出來的影像。」霍許一開始是這麼判斷，但是當他撈起一把沙子時，「嘖嘖嘖，這些黃沙，是怎麼運進來，要花多少時來運送啊？」

霍許瞇起眼睛，細細打量四周，默默計算製造這些效果要花多少人力與物力。

「昨天放學還沒有任何跡象，才一個晚上，值得好好

算算。」

這個場景伍珊珊知道，今年暑假，她和爸爸去過敦煌，這個學期，機關王也帶他們認識許多有關莫高窟的知識。

機關王是超異全人科的老師，這個科目聽起來很複雜，其實可以簡稱為超人科。小朋友在超人科裡可以學到密室逃脫、機器人大賽，還有一連串跟設計、尋寶、機械、藝術相關的課程。

「如果我們能在敦煌石窟裡尋寶，甚至密室逃脫……」機關王不只一次這麼說。他最喜歡各種密室逃脫和機關設計。

或許你會問，小學怎麼可能有這種課程呢？

別忘了，在可能小學裡，沒有不可能的事。

總之，這學期機關王已經帶他們認識各種跟敦煌莫高窟有關的事物。

伍珊珊不明白的是：「敦煌的鳴沙山、旁邊的月牙泉，怎麼可能把它們搬到可能小學來？雖然可能小學什麼都做得到……」

霍許在旁邊說：「別想這麼多，你應該想想，我們現在要怎麼騎駱駝到教室。」

他們走到學校大門口時，被人攔下來：「小朋友，想進敦煌，先換服裝。」

那個人的口音很熟悉，雖然臉上裝了大鬍子，霍許還是認出他，「校長，你衣服都換了，眼鏡卻沒拿掉，一校之長守大門，有點怪。」

「什麼守大門？今天我乃敦煌都護節度使，簡稱敦煌王，我在這裡明白『提醒』大家，沒有換裝，不能進去。」

校長志得意滿的樣子，還真的會讓人以為他真當上什麼敦煌王。

換裝區是原來的警衛室，靠牆有一排服裝可以挑選。霍許挑了一件長袍：「真像萬聖節的變裝舞會。」

伍珊珊看著那件袍子，「那是僧袍，你覺得會有其他人選擇打扮成和尚嗎？」

「當然，」校長高大的身影遮住外頭的陽光，「這學期上過的課，你們應該還記得，敦煌是古代中國通往西域、中亞和歐洲的交通要道——絲

綢之路上，那裡曾經有繁榮的商業活動、佛教信仰，雖然四周都是沙漠，敦煌吸引四面八方的粟特人、印度人，當然也有漢人來經商做買賣，哦，還有啊，那隻猴子取經也是走這條路呢。」

伍珊珊好心提醒校長，「那隻猴子名叫孫悟空，取經的是唐三藏。」

「唐三藏是和尚，沒錯吧，」校長把眼鏡取下來：「敦煌人來人往，想扮

和尚當然可以。」

「謝謝，我們還是扮普通人吧。」

霍許挑了件藍色長衫，套上靴子，回頭看看伍珊珊，她選的是紅色的長衫。

「我們能去沙漠了嗎？」伍珊珊問。

校長讓出一條通道，露出那排剛做好的假牙，「兩位大駕光臨沙漠，請進——」

目錄

楔子——滾滾黃沙進敦煌 006
人物介紹 016
壹、可能小學的敦煌日 020
貳、有格木什麼都有 046
參、天上掉下來的小仙女 060
肆、正月十五佛燃燈 074
伍、要找敦煌佛，先找老狼頭 090
陸、敦煌王 104

柒、過不去的過來 124
捌、駱駝腦 146
可能的真相會客室 152
絕對可能的任務 164
作者的話
當白菜還是白菜的時候 168
推薦文
從故宮文物出發的素養穿越之旅 172

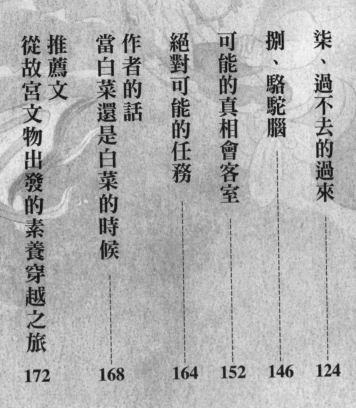

人物介紹

機關王

高高瘦瘦，髮型小平頭，戴著金色G字項鍊的機關王，是可能小學超異全人科老師。設計機關的能力值100，實際執行能力與品質，嗯……忽高忽低吧！這回可能小學敦煌日就是由他一手包辦，歡迎你來闖闖看。

霍許

可能小學五年級最高的學生，長得濃眉大眼，五指修長，熱愛推理小說與幫忙找東西，校長的車鑰匙、導師的臉書密碼都是他找回來的，協尋紀錄只有一件找不出來——他的壓歲錢，或許他自己太會藏，才會藏到連自己都找不到。

伍珊珊

可能小學五年級學生，捲捲的頭髮，滿臉的雀斑，因為爸爸在故宮博物院當研究員，她把故宮當成安親班，一下課就在故宮裡研究國寶身上的花紋，國寶的知識滿分，但是要讓她繞操場走三圈，要從清晨等到黃昏。

有格木

來自西域的栗特人，有著一張像絲路烤餅的大臉，個子高大，全副身家都在他那幾匹駱駝上。千萬別問有格木的名字怎麼寫，因為，全絲路的駱駝都知道，有格木什麼都有，什麼都會，就是不會寫字。

微光

理著光頭，戴著破舊的氈帽，穿著破破爛爛的僧衣的小和尚。他跟著師父在洞子裡畫畫，只買最粗的麥子，一天只吃兩塊餅，把錢全都省下來，因為他的心願只有一個：要畫出全敦煌最好的畫。

老狼頭

老狼頭不是狼，他是個缺了牙的老人，一生都在洞子裡塑佛，他猜自己今年七十九，但也有可能八十九歲，總之活了多久，他已忘了精光，但是他塑了多少個佛頭，他可是記得一清二楚，想打聽莫高窟的佛像，找他就對了。

敦煌王

胖胖的敦煌王，踩上沙地，連沙都會喊疼。他掌管全敦煌，請畫師幫忙畫佛窟，大家都以為他對佛最虔誠，即使稅收得特別重也心甘情願，燃燈節這天，大家在唸經，他卻打了一個又一個呵欠……

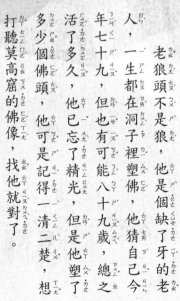

壹 可能小學的敦煌日

「各位小朋友，歡迎光臨可能小學敦煌日……」一走進校門，先傳來機關王老師的聲音，廣播器的品質太好了，霍許把耳朵摀著還是聽得一清二楚：「低年級孩子體驗騎駱駝，中年級孩子到沙漠狂飆區，高年級的小朋友，立刻向莫高窟報到。」

伍珊珊印象裡的莫高窟是一片岩石區，上頭有幾百個洞窟，洞裡

是佛教的壁畫與塑像。

可能小學的莫高窟則是建在一個圓型岩壁上，仔細一看，那不是岩壁，是可能博物館——透過大型輸出的壁畫，外加三D投影技術，就把這個千年的佛教聖地搬進可能小學。

走進大廳，機關王正在指揮著：「五年級聽課，六年級先玩密室闖關；聽課的找我，闖關的跟著多娜老師走。」

多娜老師點點頭，帶著開心的六年級爬上階梯，準備展開冒險，留下一臉不服氣的五年級。

「低年級騎駱駝，中年級沙漠賽車，六年級去闖關。」霍許快氣炸了，「只有五年級要上課，太不公平了！」

「世界上沒有絕對的公平，地球也是歪一邊轉的。」機關王看他一眼：「先聽課，知道個大概，入莫高窟空手回，回家再哭哭後悔？」

五年級抗議說：「六年級也沒聽課啊。」

「而且，我們已經聽了一學期的敦煌。」更多孩子不滿。

「這叫做複習啊——我保證，你們會聽得很愉快，踏雪梅缺斷，何處自麻煩，等一下石窟闖關……」

看著老師那神祕的微笑，霍許猜，「闖關祕訣就在影片中，六年級的人沒看影片就去闖，絕對會像無頭蒼蠅四處飛。」

「不過，如果真的能飛也不錯。」霍許的媽媽是

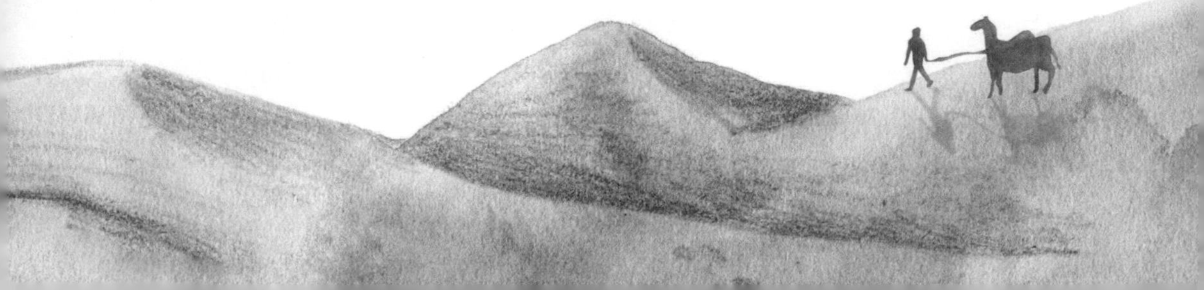

檢察官，他喜歡冒險和推理。

他們說話時，伍珊珊忍不住挪挪身子，她覺得可能博物館裡頭的溫度好像變低了，簡直像冬天。

圓型大廳的二十四片落地窗同時升起遮光罩，天篷的隱藏箱板打開了，推出三百六十度全天域放映機。當五彩的光線從機器裡射出時，他們彷彿跟著流光快速回到千年前……

黃沙、駱駝、高聳的山脈阻擋僧人的腳步，夕陽餘暉中，山峰上出現佛光，祥和寧靜，小朋友輕輕「哇」了一聲，機關王的聲音適時響起：「西元三百六十六年，一個名叫樂傳的和尚來到敦煌，他在三危山上看

見佛光，認為這是佛的徵兆，便在這裡開鑿第一個洞窟。」

這些霍許都知道，上課時，機關王給他們看過照片，也練習過畫佛像，但是立體的影片更酷。

伍珊珊最喜歡莫高窟第259窟那個禪定佛像，祂的笑容被人形容成像達文西的蒙娜麗莎那麼美，然而，這尊彩塑佛像，卻遠早於達文西的蒙娜麗莎。它是北魏時代的作品，比蒙娜麗莎早了千年。

暑假時，她在259窟流連忘返，她爸爸是故宮文物研究員，有個滿口國寶知識的老爸，讓她也對各種國寶朗朗上口。

不過，她還沒在現場找到北魏的那尊蒙娜麗莎，影片裡虔誠的樂傳和尚起身，回頭，大廳立刻爆出笑聲：「是機關王。」

有人喊：「老師，你要扮和尚，鬍子也沒刮乾淨喔？」

機關王朝大家聳聳肩，「人帥隨便拍拍都好看嘛。」

立體影片的剪接快速，畫面上一代一代的人們，有些騎著駱駝、駿馬，他們是來自中亞、歐洲、中國與印度，不同打扮的人群，來到了敦煌，供養僧人、藝術家，讓他們在莫高窟開鑿出一個又一個美麗莊嚴的洞窟。

但無論是唐朝、宋朝還是元朝，影片裡的主角全都是由機關王裝扮的。

「連那個都護夫人也是機關王扮的……」伍珊珊搖搖頭。

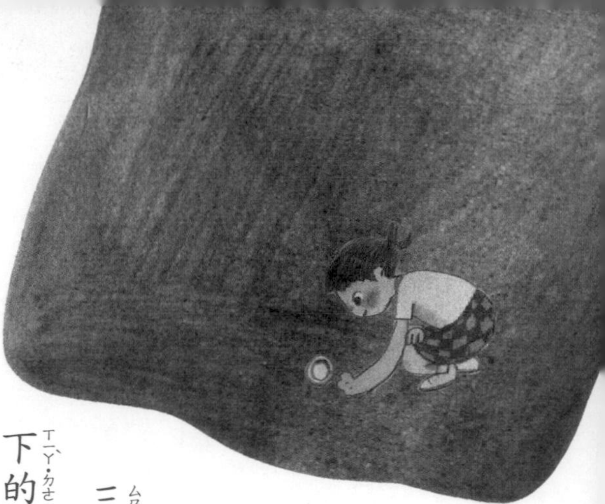

霍許更是雙手插腰，搖了搖頭：「敦煌王的審美觀比校狗馬力精還差。」

機關王拍拍手，立體影像突然停止，畫面停留在三百六十度環繞的洞窟，它們像無數的黑眼睛，由上而下的俯瞰這群孩子。

機關王問：「看出端倪了嗎？」

「啊？」滿場的孩子問。

「你們必須利用這學期學來的知識，外加剛才影片的提示，找到鑰匙，打開洞窟，勇敢挑戰它，先過關的可以優先騎駱駝。」

「什麼？」更多孩子喊著。

「這事關你們的成績，願佛祖菩薩保佑你們。」

機關王說完，拍拍手，小朋友頭頂上的洞窟有很多層，它們開始像齒輪般轉動起來，等到洞窟停止轉動，這群孩子在一片叫喊中，紛紛朝著洞窟跑去，開始攀爬那些連結的長梯。

「機關王的意思是什麼啊？」伍珊珊一臉疑惑。

「這學期我們上過佛教起源，它來自印度，跟著絲路往東傳播，我們也知道樂傳開鑿第一個洞窟……」霍許分析。

「別人都開始找了，我們怎麼還留在這裡。」

「佛教起源在印度，莫高窟起源在樂傳。」霍許拍了一下手，「起源就是開始，我們要找的一定是樂傳開的那一個洞窟，它是莫高窟的開始。」

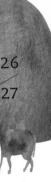

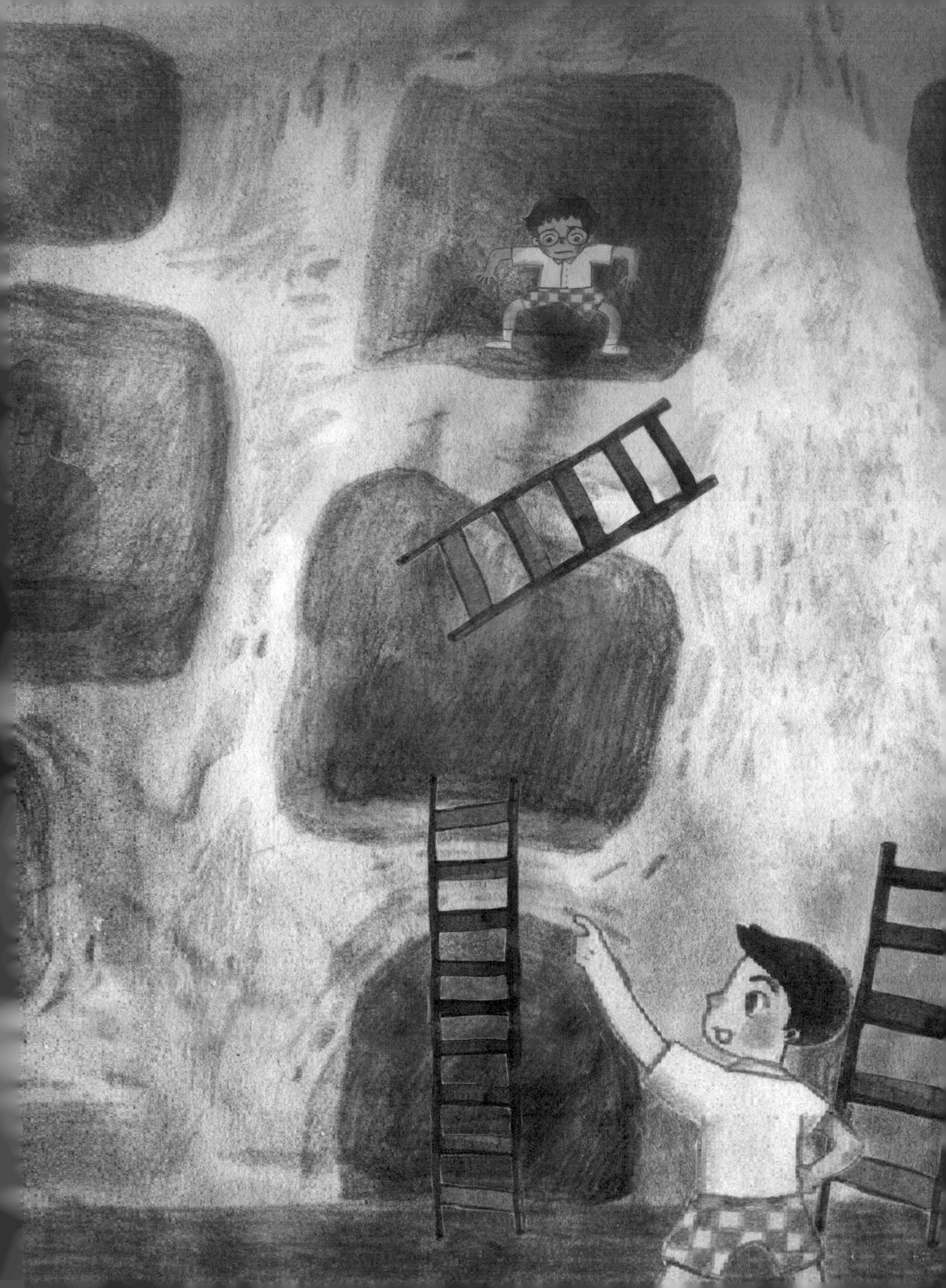

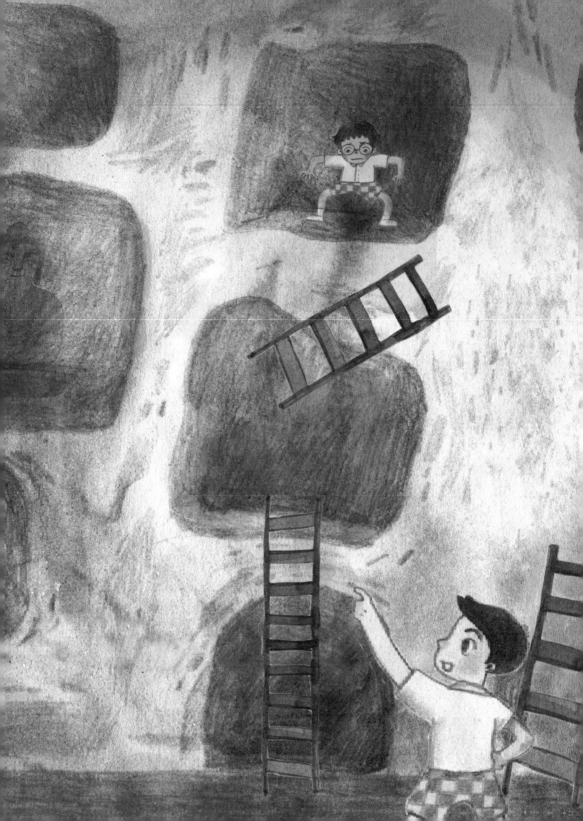

「總共有七百多個洞窟，要從哪裡開始找起？」伍珊珊有點急，因為同學們都已經衝上岩壁，在大大小小的洞窟裡鑽進鑽出，再慢，就被別人找到了。

霍許瞅了她一眼，「乖，別擔心，你想想剛才影片怎麼說的？」

「西元366年，樂傳看見三危山的落日，以為是佛祖顯靈，所以才挖洞。」伍珊珊說到這兒，下了個註解：「他還真是迷信。」

「如果你是樂傳，你會把洞挖在哪兒？」

「我怎麼可能會是和尚。」

「好吧，如果你是尼姑……」霍許笑著說。

「別瞎說，如果是我，」伍珊珊跳起來，「佛光照過來的地方，或是……能看見三危山的地方啊。」

他們不約而同朝著岩壁跑過去。

圓型博物館另一面，投影出一座山，那應該是三危山，因為山頭有五彩餘暈閃動，霍許邊走邊比對，「左邊的看不到山，右邊的被沙丘擋住，那就只剩中間這幾窟，伍珊珊，壁畫太新的不必進去。」

「為什麼？」

「樂傳開鑿的是第一窟，那時的畫大部分都褪色了……」他說到這兒，突然住口，一個急轉身，伍珊珊差點撞到他：「怎麼了？」

「這裡！」

「這裡？」

霍許說的「這裡」是個洞窟，不大，他走進洞裡，回頭一看，長方型的洞口像個畫框，框住了三危山，紅橘紫藍的光芒靜靜在山峰間流轉。

三危山頂的白雪反射著夕陽餘光，光芒直射洞窟深處。

洞窟深處的石壁上刻了一首詩。

踏雪梅缺斷

何處自麻煩
滂沱雨不少
盲人摸五端

伍珊珊唸完，霍許咦了一聲：「剛才機關王就唸過這首詩。」

「那這些鑰匙是做什麼用呢？」伍珊珊指著供桌，上面擺了十二把鑰匙，分別刻了動物，有孔雀、猴子、鳳凰、老虎……

一張小小的紙片貼在鑰匙旁邊：

「任務在詩裡，開門鑰匙，一次為限，失敗請回。」

「機會只有一次？」伍珊珊湊過頭來看了看，「這些動物不是十二生肖，怎麼猜？」

「任務在詩，它提示得很明白。我們得回去研究那首詩。」

語文是伍珊珊的強項，她很高興自己幫得上忙：「踏雪梅缺斷，踏雪梅缺斷，我聽過踏雪尋梅，哪來什麼踏雪梅缺斷……缺什麼斷……」

她的話，提醒了霍許：「或許，解答就應該是踏雪尋梅，這句成語少了一個『尋』字。」

「缺了一個尋，沒錯，這好像任務的第一個字，尋什麼……」伍珊珊回頭看看第二句詩：「如果第一句是少了『尋』，第二句的何處自麻煩，何處自麻……沒有『何處自麻』這句成語。」

霍許笑了：「自找麻煩，少個找，合起就是尋找，這些成語都少了一個字，只要找出來，就完成了。」

伍珊珊拍拍手，趁著夕陽餘光，她立刻解出這四句話裡少的字。

踏雪○梅

自○麻煩

滂沱○雨

瞎子摸○

「尋找大象。」伍珊珊一解出來，他們相視一笑，從桌上拿起那把大象鑰匙，伸進仿石壁做成的門。

有太多次，伍珊珊和霍許打開密室時都會吹來一陣輕風，結果就穿越回到了古代。

那這回……

伍珊珊有點擔心，還看了霍許一眼。

霍許點點頭，他把鑰匙一轉，門開了：「沒有風，沒有電，我們沒有穿越。」

「有點可惜。」

霍許有點失落，他挺喜歡機關王設下的挑戰任務呢。推開門，哈，霍許笑了，因為裡頭是另一個密閉的石窟，他們一

走進去，門就自動關了起來。四周牆壁自動點起油燈，照著對面一扇緊閉的石門，門邊是四個數字的密碼鎖。

「我們還沒出去。」伍珊珊指著牆上，「這是什麼？」

牆上有個一人高的石刻方格，裡頭是一格一格的壁畫，看起來像是拼圖，但那些圖有的大有的小，伍珊珊試著去移動，咦，它們還能移動。

「華容道。」霍許瞄一眼那些圖畫後說。

「什麼是華容道？」

霍許指著那些格子，「這個遊戲叫做華容道，原本的遊戲是移動格子裡的方塊，只要把『曹操』那個方塊從裡面移出來就算成功。遊戲的關鍵就是怎樣用最少的步數讓曹操走出來。

聽說有人只用了六十三步呢。」

「我想起來了，我小時候玩過，上面還有什麼關羽、張飛，最大那塊是曹操。」

霍許給她一個讚許的眼神，「我們剛才拿的是大象的鑰匙，所以這裡要移到出口的應該是……」

「也是這隻大象？」

「嗯！這下就來考考你了！來吧，你先試試看，怎麼把大象移到出口，或許，我們移出來，就不必找密碼了。」

「我啊？」伍珊珊剛挪動一隻鳥，旁邊牆上竟然用投影機打出一個倒數計時器，一百，九十九，九十八……

出口

「滴答、滴答、滴答、滴答」

計時器倒數到十的時候，聲音變大了，她一緊張，好不容易移到出口的大象卻被馬卡住了，計時到零時，那整塊大方格竟然被鎖住了，動也不能動。

「沒有時間了嗎？」伍珊珊問。

咻——所有的格子又回到了原來的圖樣，計時器也回歸一百，重新計時！紅紅的光線，像在等著他們再次挑戰。

「讓我來試試看，如果失敗了，再換你來。」霍許的手一碰到方格，計時器同步開始倒數成九十九……

剛才伍珊珊在移動時，霍許也在觀察，伍珊珊失敗的地方，他輕而易舉就讓大象滑出去，然後移動馬和鹿，又回來讓鳥讓路，大象終

於在倒數七秒時，成功滑到出口，他伸手一扳，那塊大象板子落到他手裡。

板子後面亮了起來。

「是下一個提示嗎？」伍珊珊好奇。翻到背面，是個九宮格，有幾隻奇怪的手，每隻手下都有數字。

「這些佛手印是題目嗎？」她問。

「機關王說過，佛手印代表某種神奇的力量。」伍珊珊邊說邊比，「難道這一關要我們跟著比佛手印？」

「我們該想想的是那些數字是什麼意思呢？」霍許說：「密室逃脫裡，每一樣東西都有用意。」

「我最怕數字了。」伍珊珊揉揉額頭。

三六一七
七九六三
五八九五
五八一七
(　　)
五八六三
七九九五
三六六三
七九一七

「題目是人想出來的，它們一定有規律。」

「規律？」伍珊珊把那幾個佛手印仔細看了看，「如果外圍八隻佛手是提示，我們就要找到中間佛手圖案代表的數字，那個數字一定是開代表門的四位數密碼，對不對？」

霍許點點頭：「然後呢？」

「然後……是要把它們加起來，除以八嗎？」伍珊珊嘴裡念念有辭：「我討厭這種得急中生智的遊戲，這麼多數字，我看了頭就痛。」

霍許搖搖頭，「伍大小姐，你前面說的頭頭是道，怎麼後頭又糊塗了？『規律』啊，這些手和數字一定有規律啊。」

「規律？」伍珊珊沒好氣的說：「一開始是七九六三，然後是五八九五，兩個之間完全沒有共通性，相減是二

零六八，這又和下一個五八一七不同，沒有規律啊。」

「看題目別被表面的資訊迷惑了，你忘了還有佛手手上的東西啊。你看，捻花佛手出現時，前面數字都是五八。」

「五八？咦，那些伸出手掌的都是三六……」伍珊珊推了霍許一把，「還是你聰明，一下子就找規律，荷花是一七，小鏡子是六三，所以中間拿小鼓的佛手是……」

「三六九五。」

霍許按下四個數字，那道仿石壁的門發出一陣嘎嘎嘎。門只露出一絲縫隙，一陣細微的電流立刻從指尖傳上來，一陣強風把門完全推開，吹熄了室內的油燈，四周頓時變成一陣黑。

敦煌與絲路

在古代，造船技術未能讓人航行遠洋，因此海上航行較危險，人們為了做生意，從中國的長安城出發，經過河西走廊、塔里木盆地，最後聯結到地中海各國，這條陸路的貨物中以絲綢製品的影響最大，所以被稱為絲路。

倚靠絲路運送、販售的貨物，當然不只是絲綢。透過絲路，中國的陶瓷、造紙、印刷術等源源不絕的傳向西方；西方的葡萄、核桃、胡蘿蔔、胡椒也來到了東方。伴著商品交易的，還有各種學說、藝術、宗教等的相互往來與影響。

敦煌曾是漢朝、唐朝與西域的交界，唐詩裡的「春風不度玉門關」、「西出陽關無故人」指的就是這裡。

絲路從敦煌分成兩道，向北出玉門關，向南走陽關。各國的使節、僧侶、商人都在敦煌等著簽發通行證，停留久的人就在這裡學習、做買賣，無形中，這裡因為各地方文化匯流，成了絲路上最大的通商口岸。

▲ 敦煌壁畫：絲綢之路上的商隊

▲ 玉門關

貳 有格木什麼都有

風裡好像有訊息，像是有人在遠處對話或喃喃自語。霍許和伍珊珊伸手往前摸索，聲音從通道深處傳來，黑暗、冰冷的風幾乎要讓人窒息。腳底下好像鋪滿細沙，他們沿著通道緩緩前進，通道兩旁的岩壁不斷碰撞他們的身體。

「到底還要走多久？」

霍許不喜歡這種感覺，伍珊珊跟上他，不知不覺，通道變寬了，前方出現光影，風從那裡像刀一樣灌進來，他們走到一道門前。

那道布做的門，被風吹得啪啪作響。

「我們的密室挑戰成功。」霍許掀開門說：「走吧，可以去騎駱駝了！」

門外有三隻駱駝，長長的臉慵懶的望著他們，啪咂啪咂嚼著乾草。

伍珊珊高呼一聲，駱駝伸出舌頭舔了她一下。

「哦，好臭。」

「駱駝口水，世界第一臭。」霍許開心的問，「這是我們要騎的駱駝？」

三張駱駝臉之間，又擠出一張大臉，是個說話怪裡怪氣的男人，

「有格木這裡什麼都有，駱駝租借一天一錢碎銀子。」

「碎銀子？這是在模仿什麼年代嗎？我有悠遊卡，也有零錢。」霍許想掏錢時才想起來，他的錢在換裝時全留在書包裡了。

「這是天高皇帝遠的年代。」有格木長得很高，像巨人一樣：「你們沒錢也沒問題的，一錢銀子八尺布，可以折半斗黃麻，或是你們拿一碩麥栗、一根榆木來換都行，全敦煌的人都知道，有格木什麼物品都收的。」

像是為了證明自己所言不假，有格木把一袋袋的貨物打開——裡頭是味道特殊的香料、五顏六色的布疋、種類繁複的乾果，還有光彩奪目的寶石。

「你們想拿什麼來換換呢？」有格木追問。

「拿貨物換騎駱駝？我們到底在哪兒呀？」伍珊珊擔心了，難道又穿越了？

「我的佛菩薩，你的腦袋該不會被這冬天給凍壞了吧，這裡如果不是敦煌，佛菩薩都要起來跳舞了。」有格木誇張的說。

霍許簡直不敢相信：「我們在敦煌？」

有格木瞧他的神情，像在看外星人，「四周的沙漠，沙漠中的綠洲，這裡當然是敦煌，也只能是敦煌。」

霍許快速看看四周，剛才只忙著看駱駝，沒時間好好打量周圍環境。

天啊，這裡像個古代的菜市場，人們說話的樣子、穿著打扮，連空氣的味道都和可能小學完全不一樣。

「我們回到一個以物易物的年代？」霍許忍不住高呼，「耶，太帥了。」

他們才剛完成南唐任務，而這回又到了充滿沙漠風情的地方。

霍許想知道：「有格木，騎一次駱駝到底要多少錢？」

「連年打仗，錢不好用啊，當然，有格木什麼都有，什麼都

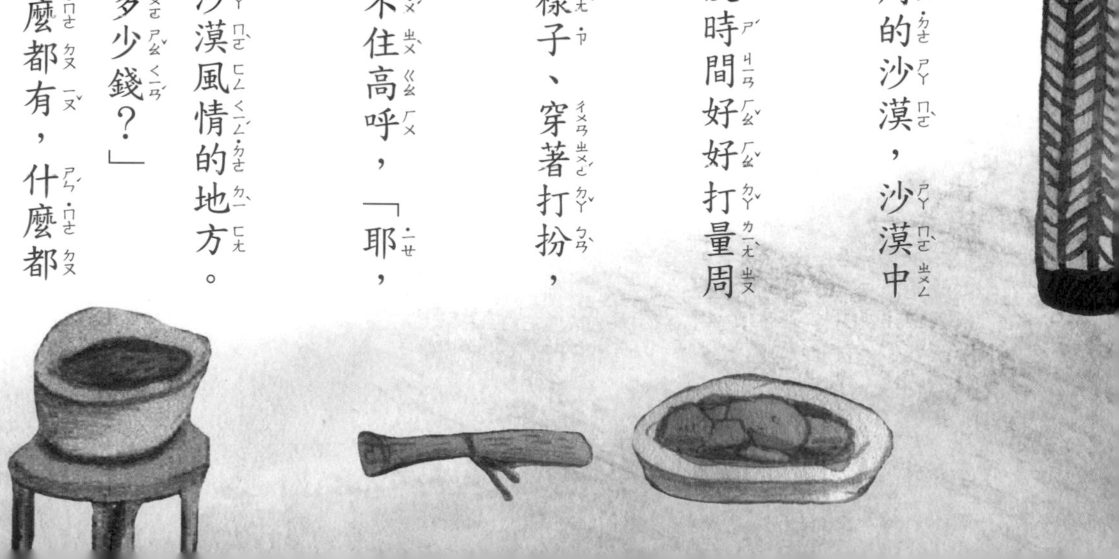

能換的，你們有五銖錢、栗特幣還是回鶻人的銅幣？」

「我有新臺幣，等我回去拿。」伍珊珊想跑回通道，但她把布簾子拉開，跟前幾次一樣，門不見了。原本出來的通道變成一間飯館，食客們在裡頭大呼小叫。

「我們真的又穿越了！」伍珊珊壓低了音量說：「怎麼辦？我們要怎麼回去？」

「大象。」霍許記得任務，「我們是用大象鑰匙打開門的，想回去，還是得找到大象。」

伍珊珊看看四周，只看到幾個婆婆在買菜，

「上哪兒找大象啊？」

去東晉時，他們得找到鵝；到南唐，任

務是找鳳凰鑰匙。

這回他們是用大象鑰匙開的門，想回去，得找到大象。

霍許還想弄清楚：「有格木，現在是哪個朝代啊？」

「朝代？」有格木嘆口氣：「前幾年，大唐滅了，中土情勢大亂，好多人都躲到了敦煌來，敦煌天高皇帝遠，皇帝管不了我們，我們也不管誰是皇帝。」

霍許嚇一跳：「唐朝滅了？」

「佛菩薩啊，你們到底從哪裡來的呀？」

「可能小學，我們是可能小學的學生。」霍許說。

「不管可不可能，你都該知道敦煌王是誰！」有格木收起

笑臉，「我們栗特人沿著絲路做生意，最注意每個城裡的大王。敦煌的一切，敦煌王說了算。今天燃燈節，敦煌王要在他供養的洞子裡點上千盞明燈，你們想不想去看看？」

「上千盞的明燈？」

有格木得意了：「人爭一口氣，佛爭一盞燈，點得千盞燈，佛祖千百倍歡喜。有格木可以賣你們幾盞燈爭口氣，敦煌人都知道，有格木什麼都有。」

「我們不去點燈，我們只想找到大象。」伍珊珊說。

「有格木什麼都有，可惜目前還沒有大象，如果你們肯付高價，有格木一定很快就有。」

有格木是個生意人，不放棄任何做生意的機會。

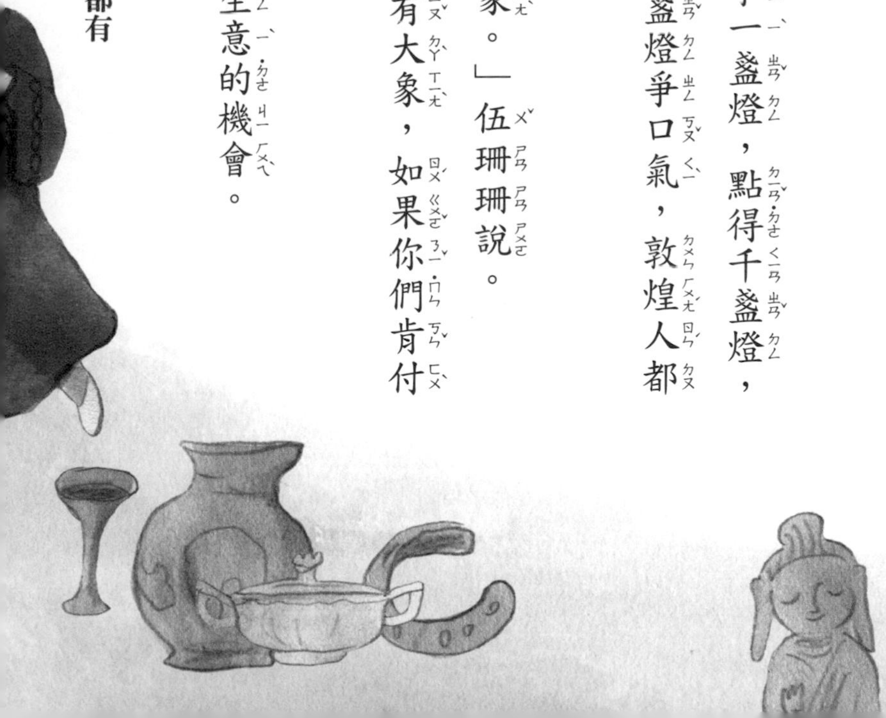

伍珊珊突然想到：「或許不是活大象。有格木，莫高窟裡有沒有畫的或雕塑出來的大象？」

有格木搔搔頭：「莫高窟洞子幾百個，你們買盞燈，一個洞一個洞找，包準找得到；沙漠裡的人都知道，有格木什麼樣的燈都有。」

說到這兒，有格木露出一口的大黃牙，拍著肚子得意的笑。

伍珊珊很佩服他：「你真像沙漠裡的量販店。」

「亮飯店？」有格木歪著頭猜：「發亮的飯能吃嗎？哪裡可以買啊？有格木也要去找來賣！」

霍許怕有格木起疑，急忙轉換話題，「她是誇你的服務

好，你有什麼樣的燈呢？」

「燈啊？你們來看！全在這兒呢！」有格木打開袋子，拿出各式燈具，銅做的、錫做的、鐵做的，琳瑯滿目，金光燦爛。

「普通老百姓點不起千燈，不過手捧一盞燈，一樣虔誠……小和尚，」有格木突然朝一個男孩說話，「去別的地方要飯吧。」

小和尚理光頭，年紀和他們

差不多，戴著破舊的氈帽，穿著破破爛爛的僧衣，安靜站在後頭。

「去別的地方化緣。」有格木再說一次，小和尚沒動。

有格木聲音提高了：「你在這裡妨礙有格木做買賣呀。」

「我就是來買麥子的啊。」

有格木問：「你拿什麼跟我換呢？」

「啊？」小和尚遲疑了一下。

有格木可憐他，塞了塊餅在他手上：

「拿著吧，這是我對佛菩薩的敬意。」

小和尚打開腰包：「我有銀錠子。」

「我的佛菩薩啊，你有銀子，什麼都買得到！」

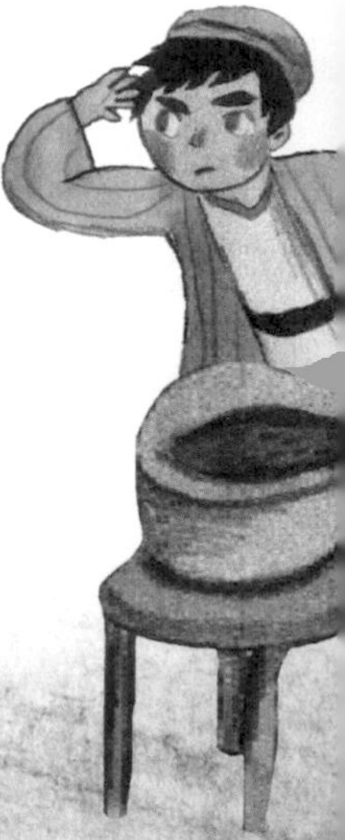

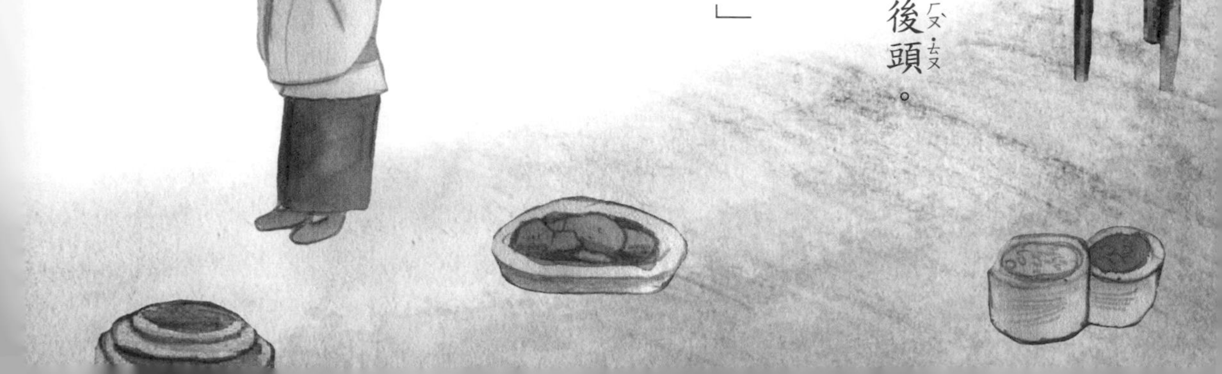

有格木立刻換成熱情的笑容：「小師父在哪間寺裡修行，上等的麥子要幾石？有格木可以用駱駝快遞幫你送到寺裡去！」

霍許笑他：「翻臉比翻書快，也不怕臉上的肌肉扭到了。」

「小師父的法號如何稱呼？」有格木沒理霍許，搶過小和尚的銀錠子：「一兩銀換三石六斗上等好麥，你這裡有一兩三錢，可以換……」

「我……我叫微光，和師父在洞子裡修行、畫佛，我師

父說，給我們最粗的麥子就行，回洞子後，我們自己磨。」

「最粗的麥子？出家人要對自己好一點，粗麥子裡石子麥桿沒揀乾淨……」

微光把銀子拿回來：「我跟師父在洞子裡畫畫，這是我第一次來採買。師父說，這些銀子要用來買青金石，洞子裡的青金石用完了，畫阿彌陀佛經裡寶藍色的天空不夠用。」

有格木沉吟了一下：「青金石？」

「你這裡沒有嗎？」

「有格木，什麼都有，當然有青金石。」

「我要一袋粗麥，剩下的全換成青金石。」

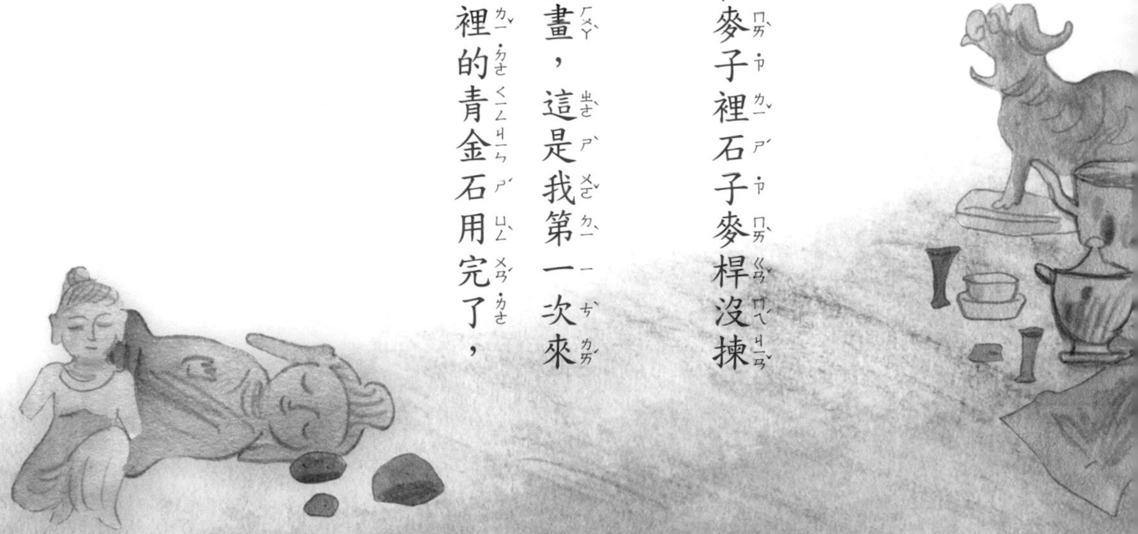

「小師父寧可餓肚子，也要把圖畫好。」有格木口氣變了：「青金石不便宜，它要從月氏都護府開採，千里迢迢運到這兒，開採不易，輸送困難，敦煌城裡，你只能找有格木，但是這點兒銀子……」

有格木搖搖頭，嘆了口氣：「太少。」

參　天上掉下來的小仙女

「我們付。」

不知道什麼時候，四周多了一圈人，幾個姑娘伸出手：「我們幫小師父買青金石。」

她們穿著粗布衣裳，身上也沒有任何首飾，不像有錢人。

有格木哼了一聲：「你們拿什麼來付呢？」

帶頭的姑娘手裡有塊小銀子：「小師父，這是我供養佛菩薩的心意。」

其他姑娘也紛紛遞來金戒指、銀髮釵，甚至還有小小的銀丸子，大小就像彈珠。

「我們從小被賣到王府當丫鬟，姐妹們省吃儉用才存這點兒錢，本來想趁燃燈節時捐去普光寺裡做功德，既然遇到小師父，我們幫你買青金石，畫完畫，幫我們寫上名字就行。」

「就憑你們這些丫鬟！」有格木不太相信，「也想做供養人？」

微光朝那些姑娘們鞠了個躬：「對佛菩薩來說，不管是一兩金還是一塊餅，有心就行。」

「誰說丫鬟就不能當供養人。」那些姑娘抬頭挺胸看著有格木。

有格木大手一揮：「這點錢換不了多少青金石，小師父，這樣吧，今天有格木大優待，我駱駝袋裡的青金石全給你，洞子裡除了寫她們的名字，也請你寫上我的名字吧。」

哇，這真是出乎霍許和伍珊珊意料之外，他們從到了敦煌後，就看到有格木千方百計想做買賣，沒想到竟然願意捐出珍貴的青金石。

微光從包袱裡拿出毛筆和墨盒：「你們把名字寫給我，我畫好洞子，一

定把你們的名字寫上去。」

「寫名字啊？」有格木退了一步，「不好吧。」

「奇怪了，」霍許問：「難道你是情報員，名字不能透露？」

有格木搖搖手：「我的名字當然要小師父來寫，怎麼能由我來寫呢。」

看他著急的樣子，霍許問：「這有什麼分別嗎？」

「全沙漠裡的駱駝都知道，有格木什麼都賣，什麼都懂，就是不懂寫字啊。」

「我來幫你吧。」伍珊

珊自告奮勇：「有格木的三個字是哪三個字？」

「這我知道，那就是有格木的『有』，有格木的『格』，有格木的『木』！」

「啊？」

有格木急了：「聽清楚了，我叫做有格木，有格木的『有』，有格木的『格』，有格木的『木』，懂不懂？」

伍珊珊很老實：「不懂！」

有格木生氣了：「原來你也不會寫啊？」

伍珊珊覺得又好氣又好笑：「有格木的有，是有沒

有的有，還是黝黑的黝，還是魷魚的魷，到底是哪一個？

「我娘都叫我有格木啊，至於哪三個字，如果我知道，還需要你幫我寫嗎？」

伍珊珊只好接過筆，一邊寫一邊問：「是不是有沒有的有，格子的格，木頭的木？」

有格木看著那三個字，遲疑了一下：「應該就是這三個字吧？」

「不管對不對，至少她幫你寫出來了，」那些姑娘推開有格木。

「你會寫字？」一個姑娘說。

「你竟然懂得怎麼寫字？」另個姑娘也說：「佛菩薩啊，竟然有個小妹妹懂字，莫非是天上掉下來的小仙女？」

「懂字沒什麼了不起，只要去上學就行了。」霍許在旁邊解釋：

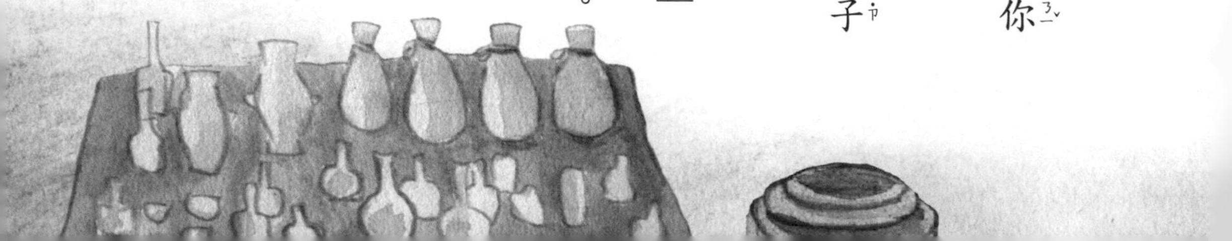

「如果你們年紀再小一點，也可以來可能小學讀書。」

那些姑娘拉著伍珊珊說：

「小妹妹，你也幫我們寫名字吧，我是簡芳，她是素娥……」

「不要推，不要擠，那個長頭髮的姑娘別插隊。」霍許當起臨時指揮員，「大家都來排隊，速度比較快。」

最前面的是簡芳。

「簡芳？是簡單的簡，芳香的芳嗎？」伍珊珊問。

「沒關係，你就這麼寫，佛菩薩喊簡芳的時候，我會舉手說那就是我。」

簡芳一說，幾個姑娘全笑了。

「對啦，對啦，你先寫上去。佛菩薩點名時，我們會把手舉得高高的。」

伍珊珊的字寫得慢，每個名字都

要再三問過，問著問著，四周越圍越多人，最後還來了一群士兵。他們喊著要幫微光買大餅：「我們也要供養佛菩薩。」

「用大餅供養佛菩薩？」有格木說。

「大餅也很好，我和師父在洞子裡畫畫，一天就吃兩塊大餅。」微光說。

士兵們滿意了，四周的人聽說洞子裡的小師父來採購，紛紛把家裡的東西扛來，堆得像座小山似的。

「這麼多，我和師傅用不完，也吃不完。」微光說。

「你吃不完，可以給其他畫師、雕匠們吃啊。」老奶奶提

來一大袋麵粉：「我沒什麼好供佛，請收下我的心意。」

「是啦，是啦，洞子那邊風雪大，離城裡遠，缺少東西不方便。」又一個老大爺走過來，他肩上是床棉被。

「不用，不用，不用。」微光說。

「小師父，你別辜負大家對佛菩薩的心意。」老大爺把棉被放下。

微光著急的說：「我才一雙手，這些貨物拿不回去啊！」

「說到『手』，別忘了有格木，因

為……」

「有格木什麼都有嘛。」四周的人同時喊著。

有格木笑了，朝著駱駝大叫：「現在、馬上、立刻，過來。」原來那三頭駱駝叫做現在、馬上和立刻，但是他們聽到有格木的呼喚，卻一動也不動。

有格木跳到木桶子上，又喊了一次：「現在、馬上、立刻，過來！」

「過來！」

有格木跳下木桶，怒氣沖沖跑過去，霍許正想制止他虐待動物，沒想到，他卻拉起一個瘦巴巴的男人：「過來，當主人叫你的名字時，你就要立刻過來，懂不懂？」

原來，「過來」是那個人的名字。

過來聲音尖尖的：「當然啦，當然啦，當尊貴的有格木主人叫我這奴隸時，我這低賤的奴隸一定要過來。尊貴的主人，我能為你做什麼事？」

「你幫這位小師父，把貨物全搬上駱駝，綁緊了，連一顆芝麻都不准掉，要幫忙送到莫高窟，懂了沒有？」

過來聽了，翻了翻白眼：「去莫高窟？過來敢以這片黃沙打賭，今天會下雪，在風雪天送貨，真是一件『好差事』。」

伍珊珊聽說要去莫高窟，而且還是騎駱駝去，她眼睛都亮了：「有格木，我們可以

去嗎？」

過來哼了一聲：「這種天氣，想去的是大傻瓜。」

「當然不傻，」霍許拍拍手：「我們也想去看壁畫和雕像，或許能看到佛菩薩和獅子、青龍或大象。」

霍許特別把「大象」兩字加上重音，伍珊珊這才記起來，他們的任務就是找大象，找到大象，才能回可能小學。

「如果你們能幫小師父搬貨物，我就考慮不收你們的租金。」有格木笑著說。

「太帥了。」霍許和伍珊珊相互擊了個掌。

「送貨苦力還要帶兩個小鬼！」過來的笑容像在哭一樣：「真是佛菩薩保佑，我才有這麼大的福分，在這種鬼天氣，走這麼一遭。」

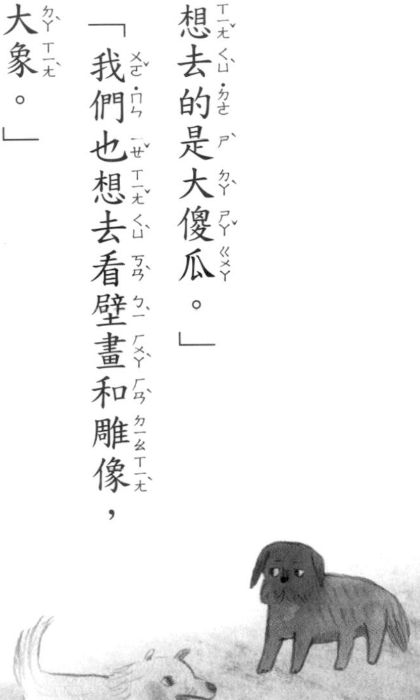

莫高窟

莫高窟位於敦煌城東南方向的鳴沙山上，俗稱「千佛洞」，在 1987 年被列入世界遺產名錄。

根據記載，前秦建元二年（西元 366 年），僧人樂僔路經此山，忽見金光閃耀，如現萬佛，於是他便在岩壁上開鑿了第一個洞窟。

樂僔開鑿第一個洞窟後，之後的一千多年裡，不斷的有後人續建。到了隋唐時期，隨著絲綢之路的繁榮，莫高窟更是興盛，在武則天在位時已有洞窟千餘個。不過，在元朝以後，因為海上航運興起，絲路漸漸沒落，莫高窟也停止了興建，並逐漸被世人遺忘。直到清朝的康熙四十年（1701 年）後，這裡才重新為人注意。

莫高窟千佛洞，是世界上現存規模最大、保存最完好的石窟寺，現在還留有洞窟 735 個、壁畫 4.5 萬平方公尺、泥質彩塑 2415 尊，它的規模宏偉，歷時悠久，內容最豐富的佛教藝術地，被譽為「石窟藝術寶庫」。

▲ 莫高窟

▲ 275 窟內佛像

肆　正月十五佛燃燈

大家都騎駱駝，只有過來用走的，他邊走邊唸：

「三位坐好咧，沙漠沒大夫，腿斷了有得醫，頭斷了，可怎麼辦呢？」

這樣的話，影響不了伍珊珊的好心情。想想，她正在騎駱駝耶，而且，是在真正的敦煌騎駱駝耶。

機關王給五年級的獎勵是：先闖出密室的人，才能騎駱駝。

「但是，我已經在騎駱駝啦。」伍珊珊拉著韁繩，想像自己是阿里巴巴，正在沙漠上冒險。

路上的人很多，好像大家都要去莫高窟。多數的人都是騎駱駝，他們的穿著打扮也很樸素，少數的人坐著華麗的馬車，被僕人、士兵前呼後擁的前進。

「怎麼會有這麼多人呢？」霍許問。

過來哼了一聲：

「今天燃燈節，大家都想去拜佛湊熱鬧，這有什麼好看的呢，還不如留在城裡，喝喝酒，吃吃羊肉，看看胡旋舞來得有趣。」

「什麼是燃燈節？」伍珊珊好奇。

過來皺著眉頭說：「正月十五燃佛燈，沙漠敦煌萬人出，你連這也不知道？」

「哇，你會作詩啊？」伍珊珊好驚訝。

「寫詩是閒人做的事，我又不是駱駝腦，寫詩幹什麼，吃飯都成問題了，對不對？這是別的駱駝腦寫的，至於那人是誰呢，我想只有佛菩薩知道。總之，正月十五，敦煌人都會到洞子裡燃燈，有錢的爺們點千燈，沒錢的窮人點一燈，像我們這樣低賤到極點的人，點心燈。」

「心燈？」

「心裡有佛就有燈。你沒有駱駝腦，知道我的意思吧？」

過來說的話，每一句都酸到了極點，很「負面能量」。

伍珊珊不想讓過來影響自己的心情，而且，她發現下雨了。

這雨黏在頭上，久久不落。

她好奇的抬起頭，一片雪花，旋轉降落在

她鼻尖。

「是下雪，下雪了耶！」伍珊珊朝著霍許揮手：「你看，雪花。」

過來搖搖頭：「這丫頭準是瘋了，敦煌窮人家怕雪，一下雪就要挨凍，這丫頭竟然手舞足蹈的慶祝？」

伍珊珊正經的說：「滿天大雪還不瘋，那就不是一般人。」

「沒錯沒錯，今天燃燈節，連天都下雪來慶賀。」一個看起來很貴氣的老奶奶坐在馬車上，她朝伍珊珊笑一笑：「雪花白白，油燈紅紅，佛菩薩開心。」

或許佛菩薩真的要歡喜了，前頭傳來音樂，喜氣洋洋的音樂，讓冰凍的大地好像暖和了些，路邊有人隨著音樂起舞，那是一群姑娘，她們臉上化了濃濃的妝，額頭、臉頰上還畫了一朵朵紅豔豔的花。

雪白的大地，黑壓壓的天空，配上這樣的音樂與舞蹈，伍珊珊覺得好不真實：「就像在演電影似的。」

「就是這種感覺，才像在敦煌。」霍許在後頭大叫。

天光越來越暗，前頭的隊伍轉彎了。沙丘在這裡開始後退，留通道給大河走，嘩啦啦的大河，兩邊有樹，樹林裡，隱約可見幾間寺廟，河谷兩邊的岩壁，出現大大小小，參差不齊的洞窟。

那一定是莫高窟了。

伍珊珊大叫：「我暑假才來過耶。」

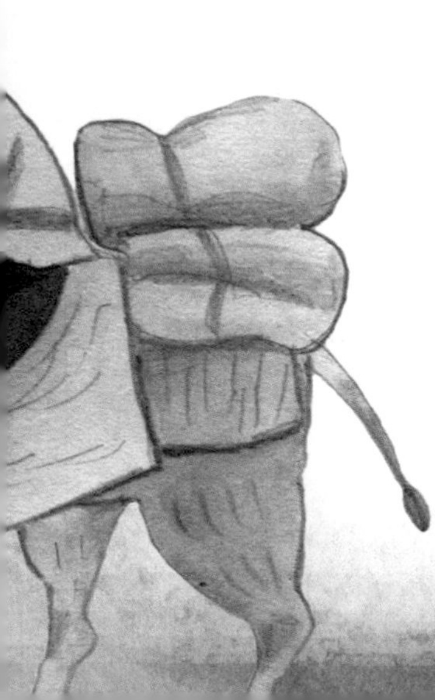

霍許問：「有不一樣嗎？」

「我暑假來的時候，洞窟外全都用混凝土保護著，外頭還有堅固的門。」

霍許看著眼前的洞窟，很難想像，經過千年風霜，它們依然無恙。

「到了，到了。」微光跳下駱駝，朝大家說：「貨就放這兒吧。」

只有過來不高興，嘟著嘴：「今天是燃燈節，就算是奴隸也要休息的。」

「我們來幫忙。」霍許和伍珊珊提起袋子，跟著微光往前走。

過來一肚子抱怨，只挑個小袋子拿。

「那是青金石，小心。」微光提醒他。

「就說我是奴隸，現在連小和尚都管起我來了。」

「施主，我沒有管你啊！」微光帶大家穿過擁擠的人群，爬上一個看起來很不牢靠的木梯子，走上一條又長又窄的石徑。

「怎麼會有人想在這裡挖洞子呢？」過來埋怨，「這種地方真不安全。」

霍許提醒他：「你最好閉上嘴巴，專心走路。」

「我偏要說。」過來說。

「你掉下去沒關係，別弄丟青金石，阿彌陀佛經全靠它們了。」微光一再的強調，領著他們經過

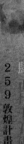

一個個洞子。

洞子裡頭點了燈，洞窟裡散發黃澄澄的光芒，比較大的洞子點了燈樹，一棵燈樹上放了幾十盞燈，彷彿那光芒能趕走寒冷。

外頭起風了，伍珊珊抱的是一袋大餅，她期待能經過今年暑假曾逛過的那個洞窟，那尊有著神祕微笑的蒙娜麗莎佛像，說不定就在等一下會經過的地方。

爬一個梯子。

走一段石階。

「好像這一個，也好像是那一個。」她每經過一個，都探頭去看看。

霍許只想趕快完成任務，他東張西望的，希望那麼湊巧，就有一頭大象在裡頭，那就完成任務，再也不用走在這淒冷黑暗的石壁間。

運氣沒那麼好，他們在淒風苦冷的黃昏中趕路。

又一個洞子。

又一個洞子。

又一個……

終於，微光鑽進一個洞子後宣布：「各位，到了。」

「到了？」伍珊珊把大餅一放，搓搓手，搓搓臉，臉頰再度感受到溫暖時，她才有空仔細打量這個洞子。

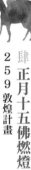

這個洞子幽暗溫暖，裡頭有盞油燈，在昏黃的燈光下，有個很瘦很瘦的老和尚在一面牆壁上作畫。

「這是我師父——古燈法師。」微光介紹：「師父，這些小施主是……」

「可能小學的霍許。」

「我是可能小學的伍珊珊。」

過來皺著眉頭：「我是奴隸。」

「阿彌陀佛，眾生平等，謝謝你們幫微光的忙。」古燈看看微光：「買到青金石了嗎？」

微光把青金石遞過去，老和尚打開，拿出一顆青金石就著火光看了看：「這些青金石的質地真純，這是栗特人的吧，你只帶那一點銀

錠子，怎麼買得起？」

「大家聽說我們顏料不夠，都幫忙出錢，還有一些是有格木老闆送的。」

「有格木啊？」老和尚呵呵笑的說：「哇，我好久沒看見他啦。」

微光向大家介紹：「我師父年輕時在皇宮待過，到敦煌出了家，他畫的經變圖比別人來得富麗堂皇。」

伍珊珊在微弱的火光下細看老和尚的畫，牆上的那幅畫剛打好草稿，還沒著色：「這畫的是什麼？」

「阿彌陀佛經。」

「這些宮殿是皇宮嗎？」

老和尚點點頭：「誰也沒

上過西天，但是我猜，天上的神佛，住的地方就像洛陽的皇宮吧！」

霍許不太懂：「你們為什麼要把佛經畫在洞子裡呢？」

「把佛經畫成一幅幅的畫，讓看不懂字的人也能了解——人只要做好事，以後就可以到西天去享福。」

過來忍不住嘖了一聲：「識字做什麼啊，識字越多煩惱越多。」

「可是認了字，能寫能讀，就能知道很多事啊。」伍珊珊說。

他們在敦煌遇到很多連自己名字都不會寫的人，但祈求來世渴望去西天享福的心好像都一樣。

「我奶奶也整天念佛。」伍珊珊說。

老和尚把餅分給他們，那餅又厚又硬，伍珊珊啃了老半天還是啃

不動。

微光和老和尚卻吃得津津有味，彷彿那是多好吃的山珍海味，過來好像也很習慣吃這種餅，一下子就吃完一大塊。

「這是你們的零食嗎？」伍珊珊問，「太難咬了。」

「什麼是零食？」微光反問他。

「零食就是零嘴啊，休息時吃的。」伍珊珊解釋。

「畫畫很累，也沒時間煮飯，我和師父一天吃兩塊餅，吃飽了，隨時可以開工。」

「一天才吃兩塊餅？」伍珊珊嚇一跳。

「過年、過節時會有白麵條吃。」微光說得理所當然。

伍珊珊看看他，再看看這一室的壁畫，畫上的菩薩那麼慈祥，

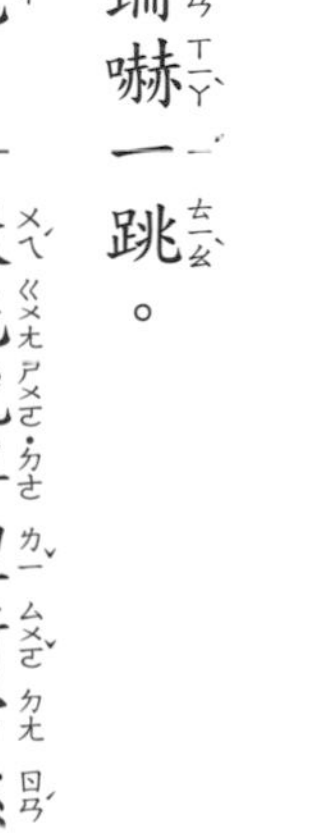

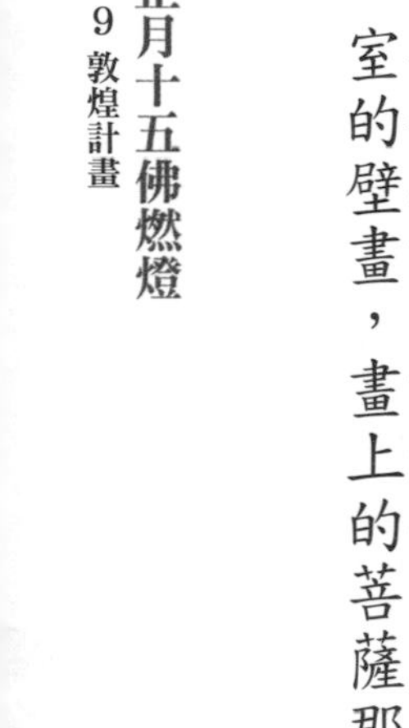

飛天那麼自在，然而畫圖的人，卻是點著小的油燈，一天只吃兩塊餅。

「你們太辛苦了！」她說。

「幫佛菩薩盡點心力，算得了什麼？」古燈放下餅，回頭提起油燈，繼續做畫，他的畫裡很熱鬧，有很多宮殿，很多跳舞的人，很大的樂團，她突然想到了他們要找大象。

她是來找大象的，但是，她在這幅畫裡找不到大象。

「大象是普賢菩薩的坐騎。」老和尚專注的畫著，頭也不抬。

「要去哪裡找呢？」霍許追問。

老和尚正在勾勒一個飛天的衣帶，那衣帶在空中一個俐落的轉彎：「要找敦煌佛，得找老狼頭。」

沙漠中的羅浮宮

敦煌壁畫有歷代壁畫四點五萬平方公尺，是世界上壁畫最多的石窟群，素有「千年敦煌壁，萬古絕世畫」的美稱。

敦煌壁畫豐富多彩，通過描寫神的形象、神的活動、神與神的關係來寄託人們的願望，安撫人們心靈。

敦煌石窟保存了大約十個朝代，將近千年的連續發展，從北魏一直到元朝藝術發展演變的脈絡，每一個步驟都是那樣的清晰。

不管是西域文化融入了魏晉南北朝；太平盛世的唐朝展現出雍容華貴風格；由盛入衰的五代和北宋；還是西夏與元朝的強悍風格，這些藝術的轉變以及人們生活的風俗習慣，都被敦煌壁畫給完整保留下來。

沙漠乾燥少雨的特性，是保存敦煌壁畫最好的選擇，雖然元朝之後絲路沒落，壁畫保有原貌達到百年之久，若不是有這些神奇的總總加在一起，我們今天又怎麼能欣賞到這座「沙漠裡的羅浮宮」呢！

▲ 敦煌壁畫

伍

要找敦煌佛，先找老狼頭

「老狼頭不是狼，他在洞子裡塑佛。」

微光的介紹讓霍許和伍珊珊充滿了期待。

「老狼頭，老狼頭，是因為他的頭很像狼嗎？」伍珊珊問。

「不不不，我猜是他的個性很像狼。」霍許猜。

微光笑著沒回答，帶他們往更高的岩壁爬，他對這裡熟門熟路的，

每一個洞子都知道：

「裡面的佛是唐代的，那些佛比較像漢人。」

「這裡別進去了，沒什麼好看的。」

後來，他們往上爬了一小段，微光特別停下來：「這洞子特別漂亮，你們一定要看看，年代比較早期，但是我只要看了那些佛像，心情就會特別好。」

微光的說法像導遊，裡頭點了油燈，滿室生輝。

才剛走進洞子大門，伍珊珊突然有種預感。

「我知道。」她撫著胸口：「禪定佛像——蒙娜麗莎。」

「誰去蒙哪塊什麼紗？」過來在後頭抱怨。

「禪定佛像，北魏的禪定佛像，祂有一抹特別神祕的微笑。」伍珊珊急匆匆的走進去——沒錯，就是這個洞子，她暑假剛來過，那時導覽姐姐不讓她看太久，怕他們的呼吸影響了壁畫塑像的保存。

「你來過這個洞子？」微光好驚訝：「我也很喜歡祂的樣子。」

伍珊珊想解釋，但又不知道從何講起，她走近佛像，慈善和藹的佛像端正坐著，帶著微笑看著她，千年不變。彷彿禪定了的佛菩薩在跟她說話，歡喜的看著她。

「像不像，像不像蒙娜麗莎？」伍珊珊喃喃自語。

「蒙娜麗莎是達文西畫的。」霍許提醒她。

「所以，這才珍貴啊。因為還要再過一千年，達文西才能畫出蒙娜麗莎。」

他們在說什麼，微光聽不懂，什麼千年萬年的，他只是靜靜的站著，很虔誠的看著佛，而佛也看著他，連一向喜歡抱怨的過來，難得安靜。

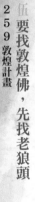

「可惜，這裡也沒有大象，微光小法師，這些圖和雕像都是誰做的啊？」霍許問。

微光微微一笑：「畫洞子是慢功夫，我和師父住在洞子裡，經常忘了外頭的時間。師父說，為佛做事，不求名不求利，所以很多畫師完成之後，連名也不留的。你們問我這佛像誰塑的，我想大概只有佛菩薩知道了。」

微光把油燈提高，好讓大家看清楚：「一代又一代的畫師留下一個又一個的洞子畫。有一天，我和師父也會離開的，師父說唸經是修行，作畫也是修行，修個安定的心，如是而已。」

霍許聽到這兒，忍不住說：「加油。」

微光點點頭，在火光中，露出一臉燦爛的笑。

伍珊珊在壁畫邊找到幾個小人，那上頭寫了名字。

「這些是畫師的名字嗎？」

微光笑了笑：「他們是出錢供養這洞子的人。」

「像簡芳或有格木那樣捐錢的人？」

「富有的人出錢開鑿洞子，請僧人、畫師或藝匠來畫圖、塑佛，平民百姓也可以奉獻一點心意，對佛菩薩來說，有錢沒錢都是平等眾生，過來，你說對不對？」

她回頭，見不到過來。走到洞外，也沒有他的蹤影。

「過來、過來？你在哪裡？」伍珊珊喊了幾聲也沒回應。

「他應該回有格木那裡了。」微光猜。

「要走也不打聲招呼？」霍許覺得奇怪。

「別再耽擱了，再不走，天真的全黑了。」微光帶他們往外走了一段，進入一個特別寬敞的洞子。

洞子裡，昏昏暗暗的，只點了幾盞油燈，幾個老人正在微弱的燈光下工作，這麼冷的天氣，他們穿的衣服卻很薄，手上忙著用泥塑著

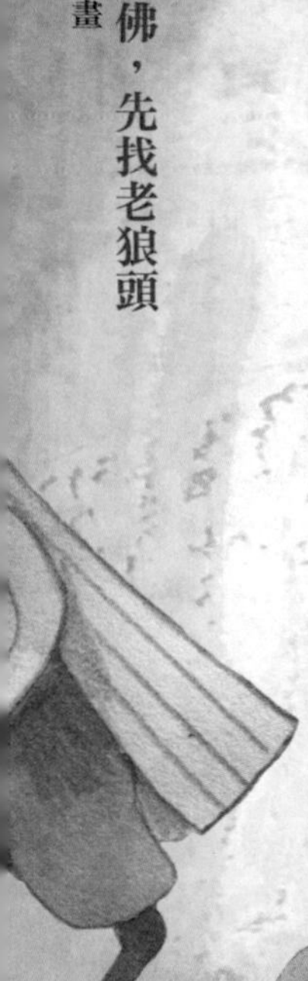

一尊特別巨大的臥佛。

「啪嚓——啪嚓——」

臥佛的身體巨大，他們分布在臥佛的四周，燈光昏暗，但他們卻很專注，誰也沒說話，有人在幫佛做衣飾，有人在幫佛刻衣服的紋路。

一個缺牙的老人看見微光，開心的跳下來：「微光，你多久沒來探望老狼頭啦？」

微光好像跟他很熟一樣，直說：「你的臥佛還沒做好啊？」

「好作品，慢慢做，不急不急。」老狼頭的話一說，洞裡的老人都笑了。老狼頭還說：「微光啊，跟我學塑佛，別跟著你師父啦。」

「我們人多，聊天比較有趣。」其他老人也說。

「我來陪你們，我師父怎麼辦？」

「讓你師父也來跟老狼頭學塑佛，我保證，我能教到你們師徒二人，功夫一樣厲害。」

「我和師父都向你拜師學藝，我該怎麼稱呼我師父？」

「你先拜我為師，你就是大師兄。」老狼頭笑得好開心，他一開心，竟然仰著頭，啊嗚啊嗚的笑著。

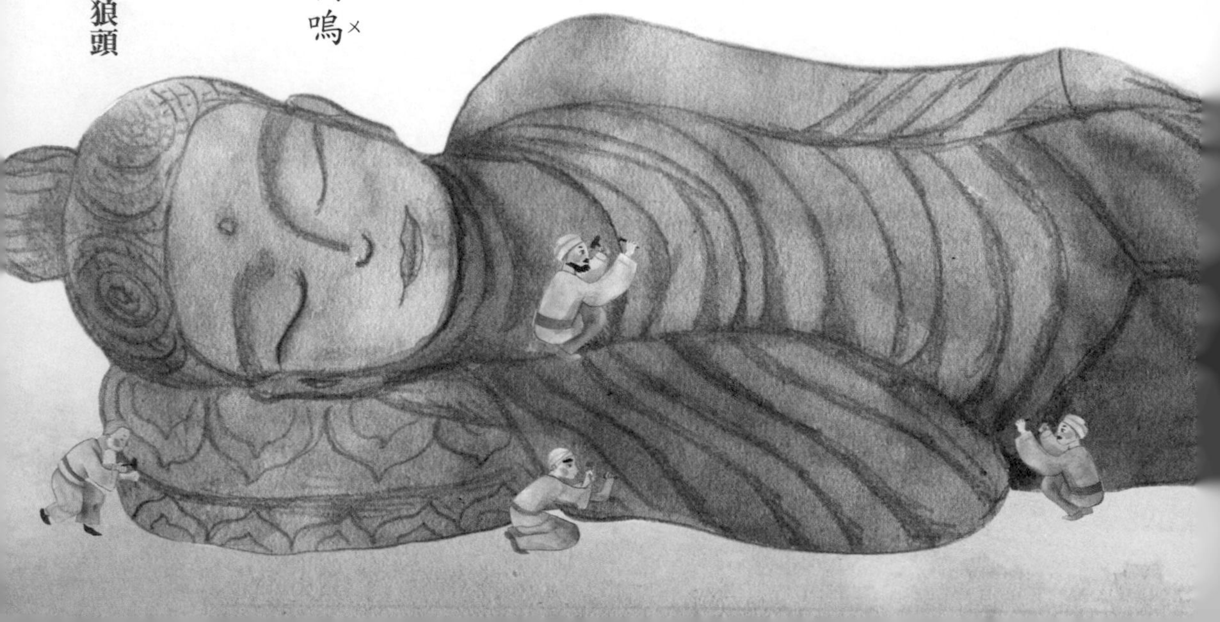

他笑的樣子，就像匹狼，那聲音粗粗、野野的，讓伍珊珊想起一個人——機關王。不過，機關王不會出現在這裡。

老狼頭笑完了，「微光，你怎麼沒去過燃燈節，跑來看你未來的師父我呢？」

微光沒有回應，卻問：「老狼頭，你來這裡多久啦？」

「嗯，我跟你一樣大的時候就來這裡啦，那時……那時聽說中原還是李家當皇帝，但時間到底有多久了呢？哎呀，誰知道啊，我想沒有三十年，至少也有四十年。」

「你難道不知道自己幾歲？」霍許在旁邊問。

「這小孩是誰啊？」

「他們是我的朋友，來莫高窟找大象。」微光解釋。

「大象？笑話，老狼頭活到七十九，塑了那麼多佛，可從來沒塑過大象。」

「七十九？」霍許自動幫他計算：「那你在這裡至少有六、七十年了。」

「有這麼久嗎？」老狼頭嗚嗚的哭了起來：「六、七十年，全在塑佛！」

微光拍拍他的背：「多好啊，能塑一輩子的佛。」

「那倒也是，哈哈。」老狼頭破涕為笑：「若在這裡塑兩隻大象，怎麼樣？」

伍珊珊擔心了：「難道我們要找的大象還沒塑出來？」

老狼頭打包票：「想塑大象啊，別急，人家臥佛先來排隊的，等到臥佛完工了，我們就來做大象。」

伍珊珊期待的問：「如果不用太久的時間，我們可以等一等。」

「這臥佛骨架架好了，糊泥要一個月，再等三個月自然風乾，這季節乾得比較慢，然後刷白漆，描金邊、上料子，大功告成立刻來做大象。」老狼頭說到這兒停了下來，笑瞇瞇的說：「最多不會超過一年，趕工的話，說不定十個月。」

「太久了。」兩個小孩異口同聲。

「不久，不久，怎麼會久呢？佛像在這兒待個千百年都不會壞，只花一年來等待，值不值？」

他話還沒說完，外頭一陣巨浪般的聲浪傳來，這洞子彷彿都晃動了起來。

時空穿越機

敦煌佛像與 259 窟

莫高窟融合了繪畫、雕塑和建築藝術於一體，是以壁畫為主、塑像為輔的大型佛教藝術寶庫。

壁畫主要畫於洞窟的四壁、窟頂和佛龕內，內容有佛像、佛經故事等，另外還包含了大量當時人們狩獵、耕作、紡織、婚喪嫁娶等社會生活作息，是研究歷史各朝代人們生活最好的題材。

莫高窟附近石質地質鬆軟，不適合製作石雕，所以大部分的佛像都是以泥塑為主。在莫高窟那麼多個石窟中，第 259 窟是早期的代表洞窟之一，大約開鑿於一千五百年前，裡頭有尊禪定佛像，嘴角露出一絲微笑，表現出參禪悟道後的滿足和愉悅，因為那抹微笑，這尊禪定佛像也被譽為「東方的蒙娜麗莎」。更奇妙的是，無論從哪個角度去觀看這尊佛像，都會得到同樣的笑容回應，也許這就是澄心靜慮的禪定境界了。

遊巴黎，要去羅浮宮看看蒙娜麗莎的微笑；那麼，如果有機會到敦煌，千萬別忘了探訪 259 窟。

▲ 259 窟「東方的蒙娜麗莎」

陸 敦煌王

「敦煌王來了。」

「敦煌王來了。」

三匹快馬上的騎者各個持著火把，飛馳來到莫高窟前，又是敲鑼，又是齊聲大喊：

「敦煌王到了，敦煌王到了，各寺各廟快來接駕。」

「敦煌王到了，敦煌王到了，閒雜人等切莫靠近。」

他們每跑一陣，就敲一次鑼，每次宣告完後，就引起一陣騷動。

莫高窟河谷地的寺廟大門一間間打開了。

寺裡的鐘，一聲接著一聲。

無數的僧人列隊，從佛寺裡出來，他們低頭合掌，口頌佛號，路上行走的人群，自動退到兩旁，跟著合十念起佛號。

「這麼多人合頌的聲音，應該可以傳到西天吧？」

一想到西天，霍許抬起頭來。

雲散了些，露出幾顆星星，沙漠地帶的星星，特別的耀眼，不知道當年第一個來到莫高窟的樂僔和尚，看的是不是相同的星？

伍珊珊拉拉霍許的衣袖，比比遠方。

遠方紅光滿天，伴著鼓聲漸漸近了。來了，來了，幾百個士兵騎著駿馬和駱駝，他們手裡拿著火把，火光趕走了黑暗。

同行的也有樂隊，樂師們坐在駱駝上演奏，音樂祥和，幾十個美麗的姑娘不知道從哪裡冒出來，這麼冷的天氣，她們穿著美麗的衣裳，旋轉跳躍著，衣

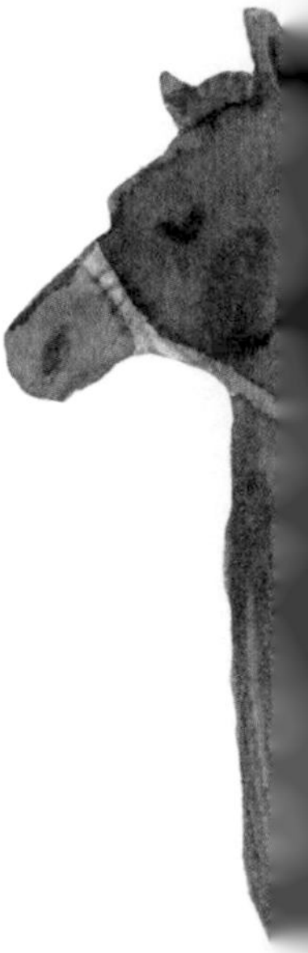

帶在空中飄動。

伍珊珊低聲的說：「她們好像飛天菩薩喔！」

她今天看了那麼多洞子，洞子裡的飛天菩薩，穿著打扮，身形動作就是這樣輕盈飄逸。

舞者跳完，裝飾華麗的馬車到了。

長長一列的馬車，四周都有重兵保護，士兵拉開車門，音樂與舞蹈也在那一瞬間暫停。

除了風。

不，彷彿連風都躲遠了。

一隻腳從車子裡伸出來。

紅棕色的尖頭馬靴，飾以金絲銀線的褲子。

然後……

「砰！」一個胖子踩上那片沙地。

「怎麼那麼胖啊！」霍許心裡都要替那些沙子叫疼了。

這個胖子有尖尖翹翹的鬍子，細細小小的眼珠子，他看看四周，四周的人驀然發出陣陣呼聲：

「敦煌王，敦煌王，敦煌王。」

敦煌王揮了揮手，走到第二輛馬車邊，打

開車門，把一個老婦人扶下車。

看起來不可一世的敦煌王，在老婦人面前卻很恭敬。

「那是敦煌王的母親。」霍許聽到附近的人們說。

「敦煌王真孝順啊。」有人說。

「那個佛窟是敦煌王為他母親開鑿的。」

「不修今生修來生。」

「花了很多銀子吧？」

「那是一定的啊，沒有敦煌王的財

力，誰有辦法開挖那麼大的洞子呢？」

後頭還有十幾輛馬車，音樂繼續演奏，火把照耀，火星飛舞，舞者在火光裡旋轉，音樂變快了，馬車的車門，一個個被打開了，接著，一個個胖胖的姑娘走下來。

「這是胖美人選美大賽嗎？」伍珊珊悄悄的問。

微光低聲的說：「阿彌陀佛，那些是敦煌王的太太們。」

胖太太們梳著高高的髮髻，頭髮上插滿各

種寶石、髮簪，臉上化了濃妝，還貼著鮮豔的花片。

「就算她們來到現代，那種妝一樣也很前衛呢。」伍珊珊說。

僧人們走到敦煌王面前，他們排成一列列，灰色的、棕色的、黃色的僧衣翻飛，雪停了，念佛的聲音大了，僧人排好隊了，敦煌王他們一家才跟著僧人往前。

「敦煌王的洞子是哪一個？」霍許好奇極了。

「想看嗎？」微光說，「那是老狼頭的傑作，是莫高窟裡最新落成、最漂亮的一個。」

「裡頭有大象嗎？」伍珊珊冷到忍不住搓手問。

「我們去看看就知道了。」

「但是，敦煌王不是來了嗎？」

「燃燈節的儀式還要一陣子。」微光轉身，率先往那片黑暗裡移動，他邊走邊說：「敦煌王的佛窟大，裡頭的畫又多，你們仔細找一找，說不定能找到。」

外頭的雪停了，地上鋪了一層白雪，反射火光亮亮的，他們走過的路，留下一行清晰的腳印。

他們鑽進一個外表平常的洞子，這洞子的通道狹小，頂多只能讓兩人並行，但走到裡頭，豁然開朗，那是一間比教室寬闊的石室，天花板上畫滿了畫，最裡頭有幾個佛像，正中間的是個

慈眉善目的菩薩。

「那是文殊菩薩。」微光說，「祂的座騎是青獅。」

「不是大象。」伍珊珊有點失望。

佛窟裡燈火通明，四周的牆壁也有精美的圖畫，再小的角落也畫滿飛天。

霍許回頭，「咦」了一聲，入口的牆面上，畫了十幾個胖胖的女生，她們比實際的人高，身上有美麗的衣服，臉上貼著裝飾花片，「這些也是菩薩？」

「她們是敦煌王的家人。」微光說。

「可是，她們怎麼可以被畫在這個佛窟裡？」伍珊珊問。

微光解釋：「他們是供養人，只要出了錢，想要畫什麼，我們就幫他們畫什麼，貴族婦女的人像畫在佛窟裡，時時聆聽佛法，不是很好嗎？」

這個漂亮的佛窟，伍珊珊暑假去敦煌的時候沒看到，「真是太美了，微光，你說這些畫的都是什麼？」

「妙法蓮經。」

「這也是一部佛經？」霍許問。

微光指著壁畫說：「你們看到什麼？」

「這裡有一棟失火的屋子，消防車還沒來？」伍珊珊說。

「消防車？那是什麼車？」微光問。

霍許怕微光起疑，急忙轉移話題：「失火了，屋裡的小孩為什麼還開心的玩著？」

「那就是人啊，人世間有太多危險苦難，可是人們不知道警覺。」微光指著另一頭，「屋外是不是有個老人？」

「那是……」

「是佛祖啊，祂在喊：『危險啊，危險啊。』雖然佛祖這麼大喊著，可是屋裡的人依然忙著玩樂，不知大難臨頭，這就是法華經裡的火宅喻。」

「那該怎麼辦呢？」霍許問。

微光指著另一邊：「佛祖想，凡人喜歡金銀珠寶，他就

變出三輛裝滿金銀珠寶的『寶車』，屋裡的人被『寶物』吸引了，爭相跑到屋外，這才逃過一劫。等他們來到安全的地方，佛祖再用白牛車拉著他們進入極樂世界。」

當伍珊珊跟微光看佛經故事時，霍許認真的在找大象。可惜的是，這畫裡有鹿、有牛、有羊，就是沒大象，他正想到另一面牆找時，外頭傳來一陣腳步聲。

「士兵？」霍許用眼光問。

「士兵！」微光用眼光回答。

想往外跑已經來不及，霍許推了推

他們：「快躲起來。」

「能躲哪裡去？」伍珊珊問的時候，門口已經可以看見火把的亮光。

霍許看看四周，空盪盪的佛窟，除了佛柱和佛像……

他靈機一動，比比佛像，拉著伍珊珊躲到一個天王後頭，微光趁機躲到對面的天王像，他們剛躲好，一群僕人就搬著金光閃閃發的法器、鮮花與水果來了。

幸好他們工作時都很專注，沒人注意到佛像後躲了幾個人。

做事的僕人走了，唸經的僧人來了，他們低頭合十唸著經，後面走進來的是敦煌王扶著他娘，胖太太們全跟在後頭。

「燃燈節法會開始。」一個老和尚向文殊菩薩說：「敦煌大王

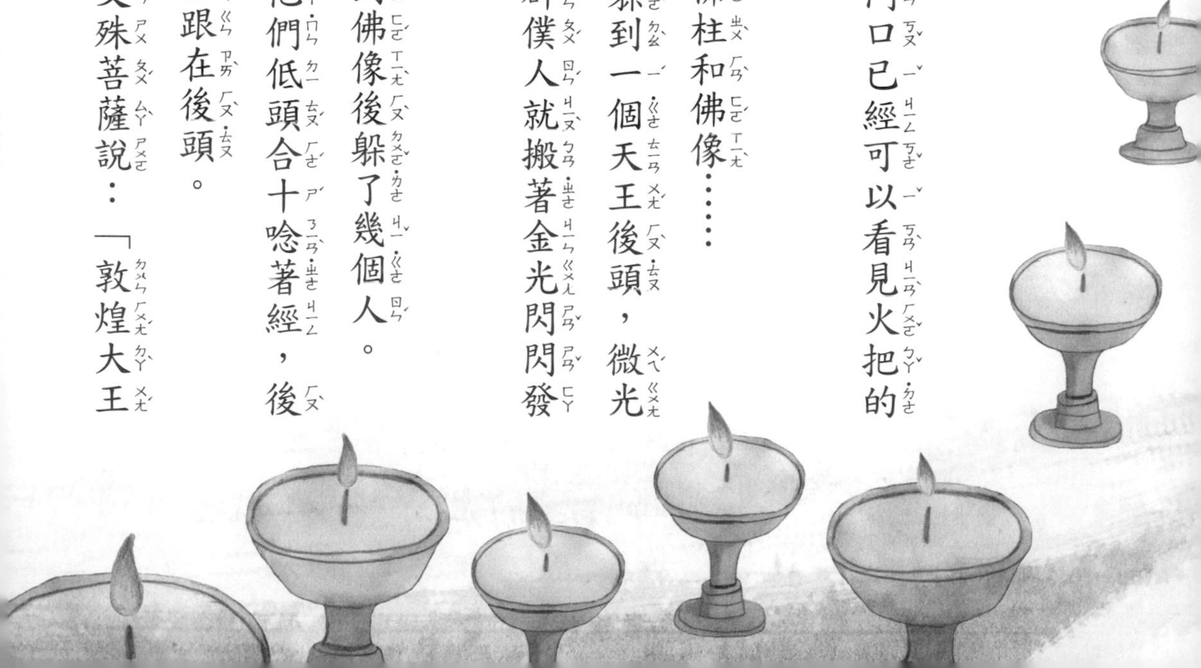

趙信忠，替敦煌城裡城外百姓祈福，唸經一卷。」

法會開始了，僧人敲著木魚念起經，這一念，就是很久很久的時間，伍珊珊站在霍許後頭，為了配合天王的姿勢，一隻腳還要抬著，剛開始沒感覺，時間一久，她只覺得腳又麻、又酸、又痛。

還好，僧人的聲音大，她慢慢的讓腳尖轉動一下。

「別亂動。」霍許用眼神制止她。

「人家好累啊。」伍珊珊用眼神告訴他。

就在這個時候，有人打了一個長長的，大大的呵欠。

霍許偷偷看了一眼，那個嘴巴張成獅子般大的人是敦煌王。

敦煌王一定也很累了，因為他剛打完一個呵欠，馬上又打了一個更長更久的呵欠，然後開始拍起肚子。

「咚咚咚咚……」

敦煌王的肚子拍起來像打鼓，霍許差點兒笑了起來。微光好像說過，敦煌王對佛法很虔誠，很虔誠的人怎麼會在這時打呵欠？

打完哈欠，敦煌王還問：「唸完了吧？」

「還……還沒。」那老和尚說。

「太久了！」敦煌王吼著：「收了收了，今天唸不完，明天你們繼續唸，本王累了。」

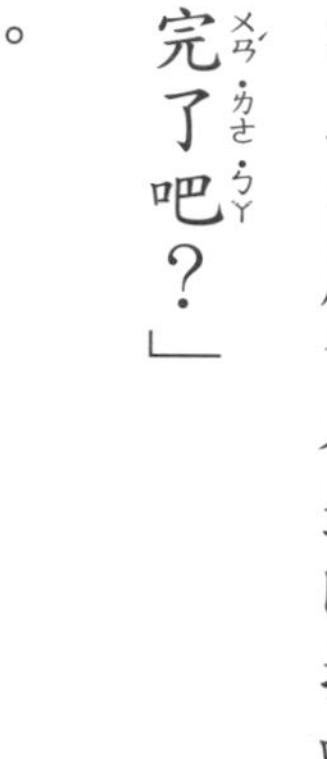

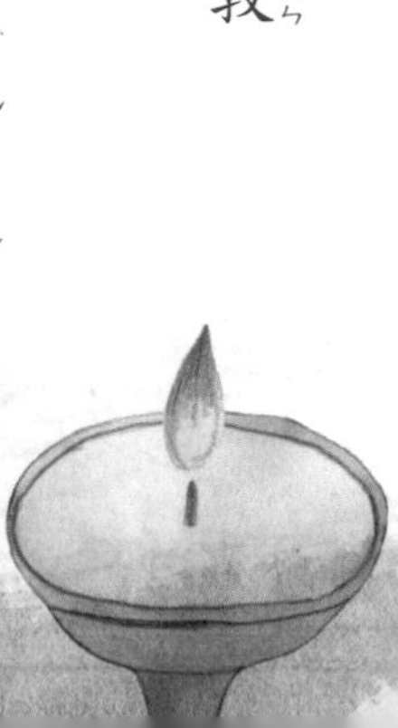

「大王，大王，」老和尚撲在地上：「這是為老太太與敦煌百姓們消災祈福啊。」

其他和尚也跪在地上說：「大王息怒，這是為老太太與敦煌百姓們消災祈福。」

敦煌王大手一揮：「夠了夠了，去年這麼說，今年也這麼說，夠了夠了，換下個節目了吧。」

「下個節目？」老和尚抬起頭，有點困惑。

敦煌王的胖太太們拍著手：「對啦，對啦，光聽和尚念經多無趣啊，你們可以點燈、唱歌還是跳舞給我們看，經就不要唸了吧？」

「唱歌？跳舞？」老和尚搖搖頭，「燃燈節沒

這儀式啊。」

一個胖太太推推敦煌王：「我不管啦，你不是說燃燈節很好玩，怎麼要在這裡聽老和尚唸經？」

「對啊，對啊，你是大王耶。」其他胖太太也說。

敦煌王朝著老太太說：「既然經都唸這麼久了，娘啊，你看怎麼樣？這樣行了吧？」

「孩子啊，這裡是佛殿，不可無禮。」老太太搖搖頭。

「娘啊，這裡是我出銀子挖的洞，拿黃金請人畫的佛，用的全是我的真金白銀，在這裡，我愛怎麼大聲就怎麼大聲，誰敢說什麼呢？就算是佛，也是泥塑的，有什麼好怕的？」

「阿彌陀佛，大王說這話……」老和尚嚇得臉色蒼白：「對佛菩

薩大大不敬啊。」

「大大的不敬啊。」和尚們又跪到了地上。

「別吵。」敦煌王生氣了，這一吼，洞裡安靜了，門口卻又傳來一陣吵鬧。

柒 過不去的過來

「大王，大王，有小偷。」士兵們拉了一個人進來，用力一踢，把他踢倒在地上。

「小偷？偷了什麼？」敦煌王興奮的問。

「嘩啦啦——」

士兵們扛來布袋，倒出滿地的金質法器：

「這些全是他在洞子裡

偷的。」

「趁燃燈節來偷法器，你還真是聰明啊？」敦煌王說。

小偷爬起來，挺起胸膛：「只有今天才能拿到這些金器去救我妹和我娘。」

「救人？」敦煌王搖搖頭：「這種藉口我聽多了。」

「不，我說的是真的，前年的瓜果收成不好，官差一年還來三次徵稅，我家沒錢，所以我爹被打斷一條腿，我被賣給有格木做奴隸。今年，聽村裡的人說，收成比前年更差了，我爹沒法子下田，我娘和我姊姊從早做到晚，也沒收幾顆瓜，官差又過來索稅，我娘也只能賣掉我妹妹……」

那聲音尖尖高高，霍許越聽越驚奇越覺得熟悉。

「是『過來』。」躲他後頭的伍珊珊說：「過來是小偷？」

過來還在說話，他控訴著為了繳稅，已經被賣來當奴隸，妹妹也被賣到有錢人家去當婢女：「沒想到，我們繳來的錢，你用在這裡？」

「這是為百姓祈福的。」敦煌王很生氣。

「祈福？稅官一來，我們有多少人家要被逼著賣兒賣女，這有什麼福？」

「你這小賊，滿嘴胡說，大王，殺了他吧！」士兵們說。

「這……」敦煌王遲疑了一下。

「孩子啊，這裡是佛殿，今天又是燃燈節，千萬別殺人啊。」老

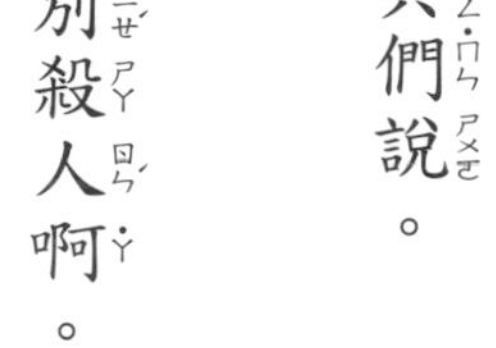

太太勸著，「佛菩薩會生氣的。」

「偷我的金器，毀我的法會，」敦煌王往前走了幾步，「但這裡是佛殿啊。」

士兵們很有默契：「大王，我們把他帶回城裡，關起來，等到下回市集時，再把他押出來殺雞儆猴。」

士兵說話時，伍珊珊一直在拉著霍許的袖子：

「怎麼辦？怎麼辦啊？」

「別急，我想想方法。」

「上天有好生之德，孩子，饒了他吧。」老太太還在勸說著，但

士兵們已經把過來拉起

來，他們太粗魯了，過來又跌到地上，一個士兵踢他……

霍許腦海裡幾種方法飛快的轉著。

是要丟石頭去砸昏敦煌王？

衝過去把人搶走？

假扮佛菩薩，讓他們放人？

霍許還在想方法，士兵已經推著「過來」走來，快走到通道了，背後的伍珊珊心裡一急，向前一擠，哎呀，她往前擠到了霍許，霍許撞到了天王，而那尊天王單腳獨立，站不住，向前一傾，砰的一聲，天王掉到地上，震得佛窟裡的人全都嚇了一大跳。

所有的眼光，全盯著他們。

「我……我不是故意的。」伍珊珊向大家解釋。

敦煌王冷冷的望著他們：

「那個小鬼偷我的金器，你們破壞我的法會，還……弄倒這個天王。」

「我們……我們……」伍珊珊搖著手，終於想到：「對不起。」

「對佛不敬，來人啊！」

四周的士兵如狼似虎的喊著：「在。」

「綁起來，關起來。」

他們想往後退，士兵卻用刀抵著他們的背。

「孩子啊，今天是燃燈節。」老夫人站起

來：「這麼多佛菩薩看著，別為難這幾個孩子。」

「娘，我管理整個敦煌，得讓百姓知道，我是賞罰分明的。」

敦煌王一說完，士兵們立刻拉著他們：「走吧。」

士兵的力氣很大，口氣很凶，伍珊珊差點跌倒。霍許無法相信——如果這是可能小學的任務，那老師們呢？他大喊：「機關王，你還不來救我們嗎？」

他喊完，等了一下，佛窟明晃晃，風在洞外呼嘯，什麼徵兆也沒有，倒是推他的士兵凶巴巴：「你喊破喉嚨，也沒人會來救你的。」

這一切一定是假的，霍許回頭，伍珊珊和微光也被綁起來了。

「走吧！」士兵推著，他們還沒走到洞口，外頭跑進一陣風，洞裡暗了暗，有幾盞燈被風吹熄了。

風繞著人打轉，空中有個聲音，傳進每個人的耳裡。

南無阿彌陀佛……

南無阿彌陀佛……

有人在念佛，是那些和尚嗎？

霍許抬頭，他發現，念佛的聲音來自四面八方，接

著燈又熄了幾盞，洞裡更暗了，矇矓的燈光中，敦煌王吼著：「誰在裝神弄鬼？」

只有狂風回應他。

「呼喇——」

最後幾盞燈也滅了，洞裡什麼也看不見。

「點燈，點燈。」敦煌王大喊。

一陣莊嚴柔和的聲音，平平和和的傳進人們耳裡：

「心裡有佛，光明喜樂，心裡無佛，點燈何用？」

「誰，誰在說話？」敦煌王吼著。

那聲音持續：

「心裡有佛，光明喜樂；心裡無佛，點燈何用？」柔和的聲音安撫人心，凶暴的人變溫柔了；擔心的人鎮定了，害怕的人勇敢了。亂紛紛的佛窟，安靜了。

「嚓」，僕人把燈點亮了。

亮了，亮了，亮了，這片光讓讓人們的心更安了，一室的人全拜伏在地上。

「胡言亂語，怪力亂神，」敦煌王爬到放供品的臺子上：「誰在裝神弄鬼？」

「唉！」空中傳來一聲嘆息。

「阿彌陀佛！」和尚們齊聲念著佛號。

「是佛祖，是佛祖。」

敦煌王的娘伸出手，拉著他：「孩子，下來啊！」

被母親牽著，敦煌王臉上的線條變柔和了，他爬下供臺，像個孩子般，跟著娘，跪在佛龕前。

「佛祖啊。」敦煌王說，「弟子今天帶了家人，備了無數油燈來供佛。」

「唉！」那嘆息又響了。

「佛祖是否嫌少，弟子立刻派人準備。」

那聲音說：「佛祖無所不能，要油燈有什麼用呢？」

「或是您要更大的佛窟，弟子一心向佛，下個佛窟一定挖得更深更大。」

「你是一郡之長，心裡有百姓，佛祖自然歡喜，心裡無百姓，佛祖也無用。」

敦煌王惶恐的說：「佛祖的意思是什麼？」

「你懂的。」那聲音漸漸小了。

被風吹小了的火光，霎時又亮了起來。

「佛祖？」敦煌王滿頭大汗，還趴在地上問。

「當然是佛祖！」敦煌王的娘一說，洞裡的人齊聲高呼：「佛祖！佛祖！」

大家都在歡呼的時候，霍許也在觀察這個洞子。

聲音是從岩壁深處來的，

乍聽以為是塑像的佛祖在說話，但如果後頭有人？或是岩壁間有孔洞呢？

想到這兒，他裝作跟大家一樣，往塑像朝拜，眼睛卻在岩壁間尋尋覓覓。

密閉的空間能產生共鳴，石窟是絕佳的音箱，只要有人稍微大聲一點說話，那聲音一定很像天神。

而要讓風吹進來……

「只要利用一點兒引導的功夫，例如門板什麼的就行，外頭找個人配合就沒人知道。」

霍許在研究究竟是怎麼一回事時，老夫人也在說話。

「佛祖的話，你都聽明白了吧？」她跟敦煌王說：「供佛心意最

重要，別再開洞子了，省下銀子，分給百姓們，這算替我積功德，你懂嗎？」

「我懂。」

老夫人等了一下，看看敦煌王：「你都懂了，怎麼沒動作？」

「對對對，所有的人聽著，今年，敦煌不徵稅，沒錢過節的百姓，到王府裡來，百姓是我的佛菩薩，我不能讓百姓餓肚子，更不能讓百姓賣兒賣女。」

說到這兒，敦煌王特別看了過來一眼。

過來立刻拜伏在地上：「謝謝大王，我們村子有救了。」

敦煌王的命令，從這洞子往外傳了出去。

像北風吹過大地，莫高窟裡裡外外，傳來一聲又一聲的：

「心裡有佛，平安喜樂……」

「心裡有佛，平安喜樂……」

敦煌王出去時，依然派頭十足。

洞外有音樂，洞裡有舞蹈，最前面是誦經的和尚，兩旁是他的胖太太。

敦煌王臨出門前特別交代：

「管好你們的駱駝腦，別再闖禍了，因為你們再也遇不到像我這麼菩薩心腸的大王了。」

「哇，我好感動喔。」過來恢復他尖酸刻薄的本性。

敦煌王瞪了他一眼：「你還不過來？」

「啊？」過來畏縮了一下。

「你不帶路，我怎麼找得到你們村子，怎麼去救你那被賣走的妹妹？」

「真的？大王說的是真的？」過來開心的跳起來，朝霍許他們揮揮手，走了。

他們一走，滿洞的紅光、音樂和煩惱，好像也同時走了。

除了敦煌王的娘。老夫人握握伍珊珊的手：「太瘦了，太瘦了，要多吃點。」

伍珊珊怕胖，好不容易才戒掉巧克力：「我還要再減三公斤，體脂肪才合格。」

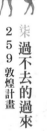

「來我家住，我家有敦煌最好的果子和餅，不用十天半個月，你就胖起來了。」

「不用了，真的不用了。」

老太太和善的點點頭，被婢女們扶著，走出去了。

「照我看來，老夫人才像菩薩。」伍珊珊說。

「不，真正的菩薩是老狼頭，」霍許朝著佛窟深處喊：「你還不出來？」

「老狼頭？」微光問。

「這個洞子是他挖的，」霍許笑著說：「誰會比他更清楚這裡的每一個角落？」

果然，那聲音又響了……

「阿彌陀佛，借我十顆駱駝腦我也不敢扮佛祖。」

那嘻皮笑臉的樣子，和剛才的莊嚴完全不同，果然是老狼頭。

「你還不出來？」

霍許拿著油燈在洞裡轉：「你一定躲在祕道裡，你再不出來，我請敦煌王來。」

「可惜這裡沒祕道，倒是有個通氣孔。」老狼頭解釋：「我在這邊喊，聲音就會跑過去，阿彌陀佛。」

「祕道？通氣孔？」微光很有興趣：「我們去找老狼頭！」

「當然好啊。」伍珊珊跳起來，正想跟著微光出去，手卻被霍許抓著：

「大象！」

「大象？」

順著霍許的手指，剛才被伍珊珊擠倒的天王像後的那塊牆壁上，被人畫了頭白色的大象，象背上也有一尊佛像，如果不是天王倒了，這頭大象誰也找不到。

「你確定是它嗎？」伍珊珊問。

「如果不對的話，我們再去找別的大象，莫高窟有這麼多洞子。」

「好啊。」

經過幾次任務，伍珊珊膽子也變大了。她朝大象伸出手，然而，她的手都還沒碰到牆面，一股細微的吸力就從指尖傳了上來。

這種感覺伍珊珊不陌生，在油燈被風吹熄的那一瞬間，霍許也正

望著她。

霍許一定也感覺到了。

洞外的風又颳了起來，大風推著他們向壁畫走去。

咦，畫著大象的牆壁好像消失了，大象還把鼻子舉起來，朝他們做了個「請」的姿勢。

這一切是魔法嗎？總之，他們踉踉蹌蹌走進牆壁裡，走著走著，空氣漸漸溫暖了，潮溼了，空氣裡有種熟悉的氣味……

前頭出現一點點亮光。

難道是通往老狼頭的臥佛窟？

藏經洞

離現在一百多年前，佛教藝術殿堂的莫高窟，是由一個道士王圓籙管理。他異想天開，竟想把洞窟改為道教的道觀，結果就在他整理石窟時，意外的在第16窟發現一個被封住了的窟室。

這個窟室並不大，大概只有八平方公尺，裡頭藏有五萬多件歷代文書、紙畫、刺繡等文物。

為什麼古人要把這批文物封起來，目前考古學界仍有爭議，一個說法是僧人為了躲避戰亂，所以把它封閉起來；也有另一種說法是寺廟將汰換的經書存於此地。

總之，藏經洞是考古史上一次重大的發現，裡頭的經文多半是漢文書寫，但也夾雜了古代藏文、梵文等。文書內容主要是佛經，此外還有道經、儒家經典、小說、詩賦、史籍、地籍、帳冊等本。它們對於後人研究當時的歷史提供了重要的訊息。而且學者更由這些文物，發展出一門以研究藏經洞文書和敦煌石窟藝術為主的學問——敦煌學。

▲ 藏經洞

捌 駱駝腦

前頭是一扇門，光從門上小玻璃窗而來。

門一推就開，外頭有長長一列駱駝朝他們走來。

洞子的那邊是淒冷飄雪的冬夜，洞子的這邊是下午，金色陽光灑下，有張笑嘻嘻的臉——是機關王。

「你們終於出來啦，今日闖關者五十七人，你們是倒數兩名。」

「我們回來了？」伍珊珊望著這一切。

「真的回來了。」霍許拍了她的肩膀一下：「痛吧？」

「好啦，現在輪到你們騎駱駝了。」機關王拍拍手，一頭駱駝蹲伏下來，好奇的望著他們。

「老師，我們找到那把鑰匙了。」霍許說。

「當然啦，能從我設計的關卡逃出來，一定要找到那把駱駝鑰匙啊。」

正爬到駱駝背上的伍珊珊停了一下：「駱駝鑰匙？」

「當然啦，我的提示那麼明顯，真不知道你們怎麼找那麼久？」

「但是……明明……明明就是大象嗎？」伍珊珊說的有點結巴。

「我們找到的真的是大象啊。」霍許做證。

機關王搖搖頭：「親愛的孩子，我是超人科的老師，親手設計的莫高窟密室逃脫，裡頭每一個通道、每一個石窟都是我親手打造，我會弄錯鑰匙，讓你們拿一把大象鑰匙過關，別那麼駱駝腦了行嗎？」

「真的是大象鑰匙開的門啊，我們去了敦煌，遇到燃燈節……」伍珊珊呱啦呱啦的，她有一肚子話想跟機關王說清楚。

機關王笑嘻嘻的，拍拍手，駱駝站起來。

「去吧，去吧，等一下你就會騎著駱駝踏上沙丘，想像一下——你要有想像力，想像自己騎在廣闊的敦煌，騎在遠遠的絲路上……」

「但是我們真的去過敦煌。」伍珊珊的話，機關王好像沒聽見，她騎的駱駝心情好像不好，邁開大腳往沙丘上奔跑。

牠跑得那麼急，好像急著去追夕陽。

跑上沙丘，她望著底下，霍許騎著駱駝也上來了。

「機關王，機關王！」霍許一上來，嘰哩呱啦的喊著。

「我知道，是機關王把你的駱駝趕上來了。」

「不是，我知道了，老狼頭就是機關王。」

「這太駱駝腦了吧？老狼頭在莫高窟裡耶。」

「我們也從那裡出來的呀，而且，他剛才不是說了嗎？整個石窟、逃脫通道全是他設計的！」

「這……」伍珊珊看看被沙丘包圍的可能小學，站在廣場中間的機關王正朝他們揮著手，「你這麼一說，好像沒那麼駱駝腦。」

「什麼好像，根本就是！」霍許

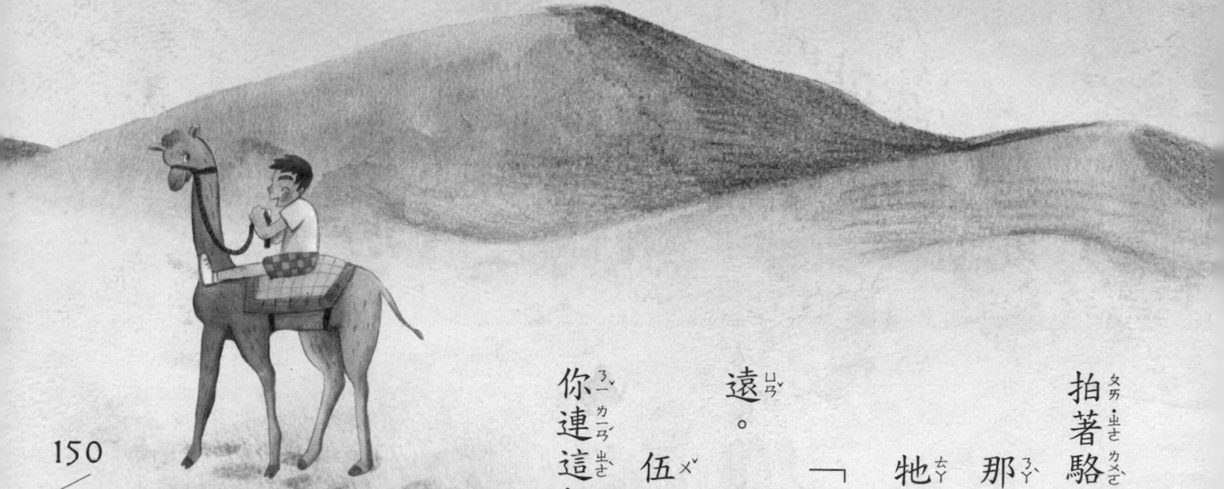

拍著駱駝：「走，去找機關王吧。」

那隻駱駝聽得懂霍許的話嗎？

牠開始跑，但是卻是往落日的方向跑去。

「你別太駱駝腦行不行？」霍許的聲音消失的越來越遠。

伍珊珊嘆了口氣：「牠是駱駝，當然有顆駱駝腦啊，你連這都不知道，長大怎麼當偵探？」

可能的真相會客室：打開敦煌藏經洞

：可能真相大公開。

：公開國寶大真相。

：或許你已經讀完這集可能小學藝術國寶任務了……

：但你知道國寶背後的祕密嗎？

（霍許做了個邀請的動作。）

：那麼，我們掌聲有請今天的真相嘉賓——

（在啪、啪、啪、啪的罐頭掌聲中，一個小小的飛天菩薩緩緩由空中飛落，祂的衣服緩緩的飄動著，祂的出現更讓兩個主

持人目瞪口呆。）

藏經洞守門人王圓籙

：今天的來賓是個菩薩？

（飛天嚴肅且表情莊嚴的看著伍珊珊。）

：你們可稱呼吾為飛天，飛天非菩薩也。

：你說，你是敦煌壁畫裡的飛天？講話怎麼這麼嚴肅啊！

善哉善哉！

（霍許說話時，伍珊珊表情好奇極了，直愣愣的望著飛天。）

（飛天一臉正經的樣子。）

：猛盯著人看，汝無禮！

：不好意思，我實在太興奮了，這是可能真相調查社請過最大咖的來賓——一個如假包換的真真正正的神人耶。

（飛天正經八百，臉上完全沒有笑容。）

：誇張！吾非神人，吾乃藏經洞裡的飛天。

：哦？你從藏經洞出來的？聽說很久以前，看守藏經洞的是個道士？

：汝指的是道士王圓籙！

：王圓籙！我爸爸說他盜賣敦煌的國寶。

：非也，非也，王道士來敦煌時，莫高窟早已破敗良久。

：怎麼會破敗已久呢？我和伍珊珊去過敦煌，那裡是絲路要

道，人來人往很熱鬧。

：對呀，我們去的時候有好多商隊，也有學校和僧侶，是中西文化交流的重鎮。

重見天明的寶物

：汝等只知其一，不知其二，想當年，王圓籙初到敦煌莫高窟，彼時海上航運已興，乘船行水路既快且安穩，而絲路沒落已久，王道士到敦煌之時，莫高窟一地早已人去洞空，千佛洞大半由黃沙掩埋，王道士自願當起「守護神」的重任。他四處奔波募款，所募經費皆用為清理窟

中積沙，單以第16窟淤沙為例，就耗去二年有餘。

：那藏經洞裡的……

：1892年，那一天，王道士在第16窟清理淤沙至夜半，無意間發現牆壁間的裂縫，他從細縫往下一挖，吾等終於從黑暗裡重見光明。

：是藏經洞？

：裡頭有上萬卷的經文，全用白布妥善包好，無數古物重見光明……

：但是他把那些佛經賣給外國人！

沒有人理的寶藏

：非也，非也，他知此事非同小可，應立即迅報官府，親選兩卷洞裡經文，曉行夜宿，步行五十里，向昔日知縣嚴澤報告，然而，那個知縣不知輕重，竟將兩卷經文視為廢紙，當場命其回返莫高窟。

：這是什麼官員啊？

（飛天十分氣憤）

：不久，知縣易人。

：知縣換了，情況應該變了吧？

：王道士再訪知縣，此回依然攜帶佛經，前往知縣大人處稟報，知縣聽後，即刻與王道士前往。

：真的來了，他是來保護藏經洞的嗎？

：一行幾十人，匆匆探望立即返回，臨行順手由經洞中帶走數卷經書，言為研究云云，然而此後再無消息。

：你的意思是那個知縣再也不來了？

（飛天悲憤的點點頭。）

：還是不理他？

（飛天身上的衣帶沉重的垂落在桌子上。）

：兩次尋訪知縣未果，王圓籙心有不甘，決心往上層稟報，特自經洞挑揀兩箱佛經，自趕毛驢去酒泉。

：酒泉遠嗎？他騎著毛驢去那裡向誰報告啊？

：酒泉距莫高窟足有八百里黃沙。王道士風餐露宿，單槍匹馬，甘冒狼吃匪搶之險，走了三天方到酒泉，尋至道臺大人廷棟

住處外。

：廷棟大人終於重視這件事了？

（飛天搖搖頭）

：那個廷棟隨意翻看佛經，說是經上文字不若他好，立即遣他回莫高窟。

：怎麼有這麼多糊塗官員啊！

（飛天臉色沉重。）

：那些官員糊塗，王圓籙不糊塗，層層往上報告。但是當年官員苟且偷安，只祈無事發生，最後，王道士決定冒死上書，越級向大清皇太后稟報此事，然而當年，中國正與外國烽火連天，無暇兼管千里外的敦煌。

：好慘喔。

：時深日，有外地賈人至，名曰斯坦因，王圓籙便鬻之藏經洞中諸佛經。

：斯坦因？這名字我聽過……所以就是這個商人來盜買莫高窟裡的佛經。

功過自在人心

：所以，王圓籙真的是把國寶賣掉了。

：但是如果他不賣掉呢？那些國寶又沒人理，說不定又被黃沙埋掉了。

：賣了，保住國寶，但國寶流落到海外；不賣，國寶又被黃沙

掩埋？

：所以，切勿人云亦云，眾人說法，還得深思一番。

：如果是我……好難喔。

：我們都不是王道士，回到那個時空，沒有他，莫高窟就不會被重視。

：但藏經洞裡的佛經也不會被賣到海外。

（飛天沉重的點點頭。）

：其功過至今尚理不清，非王道士，則吾人莫睹藏經洞，更何況經書，至今依然鎖之深山。

：那您呢？您怎麼看？

：佛曰不可說。

：您就說說啊，這裡又沒有別人，您認為這件事，到底誰對誰錯？

：亦對亦錯，非對非錯。

：你這樣說跟沒說都一樣啊。

（飛天伸手合十，微微一笑。）

：所以，佛曰不可說。

：真的不說。

：善，此因佛曰不可說。

（飛天一說完，衣帶陡然飄動，飛出攝影棚外。）

：謝謝飛天，雖然他一直說『佛曰不可說』。

：但是，我們至少知道了藏經洞與王道士的關係。

：既然佛不說，那就我們說，可能真相大公開……

：公開國寶大真相。

：咱們下回見囉！

絕對可能任務

任務1

這幅從藏經洞中找到的《金剛經》，目前收藏於大英圖書館中。找一找，霍許和伍珊珊在哪裡呢？

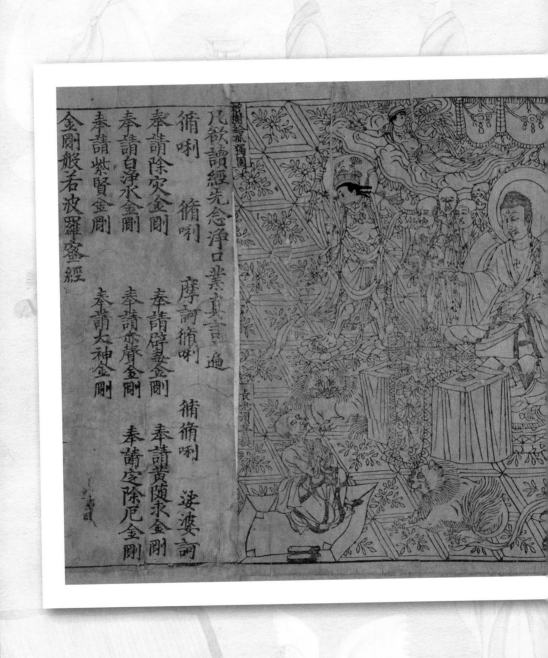

凡欲讀經先念淨口業真言遍

脩唎 脩唎 摩訶脩唎 脩脩唎 娑婆訶

奉請除灾金剛 奉請辟毒金剛 奉請黃隨求金剛

奉請白淨水金剛 奉請赤聲金剛 奉請定除厄金剛

奉請紫賢金剛 奉請大神金剛

金剛般若波羅蜜經

任務2

機關王的朋友來拜訪可能小學，他告訴霍許一個關於機關王的小祕密。快幫忙霍許一起來找出解答吧！

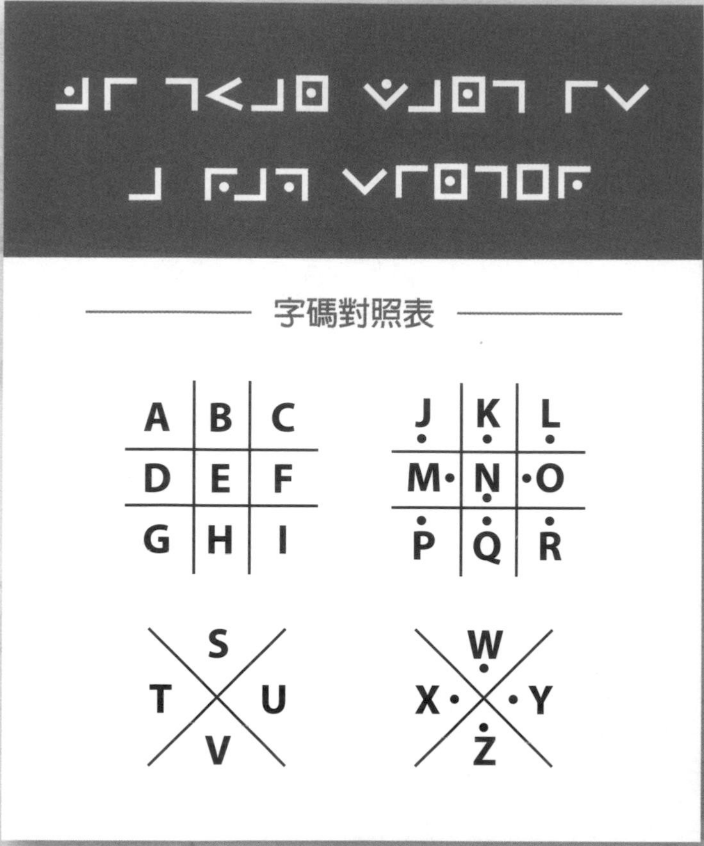

絕對可能任務參考答案：

任務一：

任務二：JI GUAN WANG IS A RAP SINGER.（機關王是一個饒舌歌手。）
利用字碼對照表的符號樣式就可以找到代表的英文字母囉！

作者的話

當白菜還是白菜的時候

每次上社會課時，比較煩惱的是：很多背景知識無法帶孩子實地去看。例如教唐朝唐太宗，該怎樣讓孩子們進入盛唐呢？

進博物館是個好方法。

我曾在湖北博物館見過越王勾踐的劍，沒錯，就是「臥薪嘗膽」的勾踐。也曾在西安的兵馬俑博物館看過秦始皇的地下軍隊，那統一六國的威攝景象。更多的是，在故宮。臺北故宮的國寶，樣樣是精品。

例如帶小朋友去看毛公鼎，看完了，再回到教室細讀鼎裡銘文，一個距我們遙遠的朝代，就在不知不覺裡翩然而至。

於是，西周就和孩子有了連結。

講起烽火戲諸侯的周幽王，講起春秋戰國的歷史，感覺就近了。

故宮有兩個，建築在北京，精品在臺灣，我們何其有幸，能這麼近距離的去感受歷史的溫度，於是，起心動念——這次就讓國寶來可能小學上課吧。

我寫毛公鼎，那是銅器時代，一個金光閃耀的朝代，外有玁狁虎視眈眈，內有帝王花天酒地，臨危授命的毛公，如何重振西周？

蘭亭集序大家耳熟能詳，有機會，進故宮去看看它，那是多美好的書法，多歡暢的文字，王羲之活得瀟灑自然，如果有幸讓可能小學帶孩子重回那年春天，會有什麼火花呢？

北京有幅韓熙載夜宴圖，有人說它內藏機密，事關北宋與南唐間的衝突。南唐李後主是千古詞帝，一幅畫竟然能牽連那一段歷史，這場千年前的夜宴，也在這回的可能小學裡。

前三本故事，有青銅器、有書法，有圖畫。

最後一本呢？

我決定寫敦煌。

還記得西元 1900 年嗎?那一年，老佛爺逃離北京城，就是在那一年，道士王圓籙遇見了外國來的斯坦因，他把無意間發現的萬卷經文，幾乎大半賣給了斯坦因。

而現在的敦煌極力的保護這片佛窟，限制遊客一天只能觀看幾座洞窟。

這片歷經千年不斷開鑿、雕塑、描繪的佛教聖地，在 1900 年卻被黃沙半掩——若不是王道士，沒人會注意敦煌;若不是王道士，經文不會被賣到海外。

然而若能回到了一千年前的敦煌呢?可能小學的孩子又會遇到什麼事情?

這幾個景點我曾到訪。

每次去旅行前我會先讀書，不想當個只聽導遊講解的遊客，自己是要先做功課的。因為做過功課，到了當地那種感受是完全不同的，走在敦煌莫高窟的每一步，彷佛都會有個畫師、塑匠隨時跳出來，走進洞子裡，看著滿窟、滿洞子的創作，會有滿滿的感動。

回到家，我會再把書細讀，這回再看書，又是不同的體會，因為它們已經進入我的心裡，和我的生命產生了連結。

讀萬卷書不如行萬里路，若能讀書加行旅，我們的生命就更有縱度與廣度。這套可能小學，適合給孩子做社會科的延伸，適合給孩子做進故宮前的準備。

因為，當孩子讀完它之後，毛公鼎就不只是個呆呆的鼎，而翠玉白菜也不會只是一顆不能吃的大白菜了。

它已經成為孩子生命裡的一段連結，再也分不開了。

推薦文

從故宮文物出發的素養穿越之旅

◎彰化縣二林鎮原斗國民小學教師　林怡辰

金鼎獎作家王文華老師炙手可熱的可能小學系列，一直是教學現場大力推薦的書籍，在演講分享，也常推薦給老師們，不管是「可能小學的歷史任務」、「可能小學的愛地球任務」、「可能小學的愛臺灣任務」、「可能小學的西洋文明任務」，透過什麼事情都可以發生的可能小學裡的學生主角，孩子很容易輕易的跟著人物去身歷其境的探險，自然而然吸收情境裡的脈絡、熟悉朝代、歷史典故，甚至有了情感。

閱讀過的孩子經常回來分享，有趣，好讀，還能徜徉在歷史奇妙的故事中遊歷，不知不覺對於朝代、典故、脈絡，都耳熟能詳。而這次新推出的「可能小學的藝術國寶任務」，更叫我眼睛一亮。除了之前以歷史、臺灣等為主軸，這次更進一步，以故宮國寶為主題。從一件具有藝術、歷史和文化的國寶為圓心，朝代和背景為半徑，不斷擴散發想，圓滿出了一個個充滿想像和創意的故事。

從挑選的故宮文物，也可以看見作者的用心。舉凡故宮的毛公鼎，介紹了春秋戰國、銅器時代；赫赫有名蘭亭序的美，後面的故事有多精彩？北京的韓熙載夜宴圖，小小一幅圖有說不盡的驚險和考究故事，比情報故事還有趣；敦煌莫高窟啊！如果在千年前，石窟裡又可以寫下什麼不同的故事？

於是，你可以在《代號：毛公行動》看到可能小學裡的機關王設下了密室逃脫活動，代號就叫做「毛公行動」，除了要完成點燃烽火等任務，最後還要找到毛公鼎才能順利完成，過程中，你必須知道毛公是誰？毛公鼎有什麼希罕？為什麼是故宮的重要國寶？它怎麼被發現？怎麼被保存？全部都在這集，來試看看你可不可以順利走出密室逃脫！

《決戰蘭亭密碼》則是孩子跟著兩位可能小學的同學，到蘭亭修禊的現場去，讀讀魏晉時期名士風骨、跟著王羲之學寫字，想知道鵝和寫書法到底有什麼關係？為什麼王羲之的作品連皇帝唐太宗都想偷，到底有沒有偷成功？故事中更有許多與王羲之有關的典故故事，讓人不禁思考「坦腹東床」發生的當下究竟是怎麼一回事！

在《穿越夜宴謎城》中，那一幅張大千寧可不要一座王府也要買下的圖，到底有哪裡珍貴？為什麼這張畫的主角總是不開心？而且這張畫竟然被偷了！國家機密在其中，快快成為小偵探，看看這幅充滿祕密的畫，到底是誰偷走了？又故事裡藏有什麼情報資料？

《259 敦煌計畫》書名的 259 是指什麼？有沙漠裡的羅浮宮到底為什麼可以保存了十個朝代將近千年的藝術轉變，看看你是否可以破解書中的「壁畫密碼」中的手印奧祕，最後順利找到回來的線索？

除了知識、冒險、還有破解謎案、密室逃脫、偵探解謎，以孩子有興趣的內容，卻淺顯的說出歷史和背後的迷人故事，重要的是，文華老師在書寫的過程中大量的閱讀，親自造訪，被深深感動後，再對照書籍，熱情挹注在筆下，讓孩子藉由閱讀的時間，和這些文物、歷史、文化，產生化學變化。孩子熟悉、連結、驚喜，有了感動和共感，萌發了興趣和動機，探索和深究成了自然而然，思辨和好奇持續加溫後，歷史和文物不再只是背誦的過客，而是有溫度的支點，解鎖了知識碎裂，開啟了真正的素養之路。

可能小學的藝術國寶任務：

259敦煌計畫

作　　者｜王文華
繪　　者｜25度

責任編輯｜楊琇珊
美術設計｜也是文創有限公司
行銷企劃｜陳雅婷

發行人｜殷允芃
創辦人兼執行長｜何琦瑜
副總經理｜林彥傑
總監｜林欣靜
版權專員｜何晨瑋、黃微真

出版者｜親子天下股份有限公司
地址｜台北市104建國北路一段96號4樓
電話｜（02）2509-2800　傳真｜（02）2509-2462
網址｜www.parenting.com.tw
讀者服務專線｜（02）2662-0332　週一～週五：09:00~17:30
讀者服務傳真｜（02）2662-6048
客服信箱｜bill@cw.com.tw
法律顧問｜台英國際商務法律事務所・羅明通律師
製版印刷｜中原造像股份有限公司
總經銷｜大和圖書有限公司　電話（02）8990-2588

出版日期｜2019年7月第一版第一次印行
　　　　　2020年11月第一版第二次印行
定　　價｜280元
書　　號｜BKKCE028P
ISBN｜978-957-503-447-4（平裝）

訂購服務
親子天下 Shopping｜shopping.parenting.com.tw
海外・大量訂購｜parenting@cw.com.tw
書香花園｜台北市建國北路二段6巷11號　電話：（02）2506-1635
劃撥帳號｜50331356 親子天下股份有限公司

國家圖書館出版品預行編目資料

259敦煌計畫 / 王文華文；25度圖. -- 第一版. -- 臺北市：親子天下，2019.07
176面；17 X 22公分.

ISBN 978-957-503-447-4（平裝）

863.59　108009450

圖片出處｜
p.45(左) by Unknown, via Wikimedia Commons, Public Domain
p.45(右) by Leon petrosyan, via Wikimedia Commons, CC BY-SA 3.0
p.73(左) by Hiroki Ogawa, via Wikimedia Commons, CC BY 3.0
p.73(右) by Bairuilong, via Wikimedia Commons, CC BY 4.0
p.89 by Vy ,via Pixabay.com
p.103 by David Stanley, via flickr, CC BY-SA 2.0
p.145 by Charles Nouette, via Wikimedia Commons, Public Domain
p.164 Wang Jie on behalf of his two parents on the 13th of the 4th moon of the 9th year of Xiantong, via Wikimedia Commons, Public Domain